赤みがかった髪は長く、束ねず流されていた。
組まれている足はニーソックスで覆われており、スラリと伸びている。
肘《ひじ》掛けにのせられている前腕にも、まったくゴツさがない。
そして胸元が開いた服で強調されているのは、豊かなバスト。
魔王は、女性だったのだ。

キャラクター
マコト
【主人公】
魔王

シルビア
ルーカス
カルラ

「布を外してもらってもいい？」

「うん……」

彼女は巻いていた布を外した。

白い背中があらわになる。

「じゃあ、やるね」

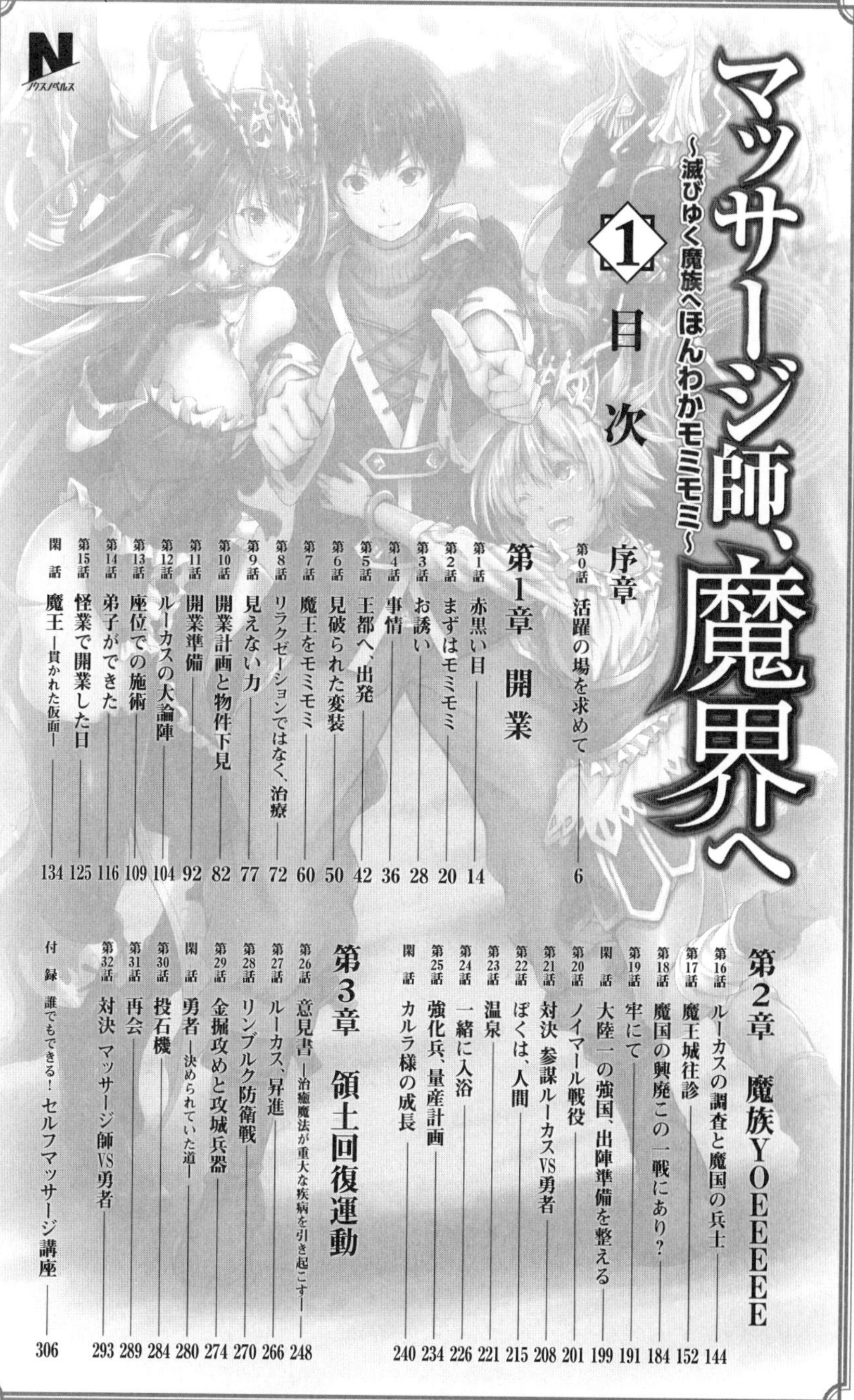

マッサージ師、魔界へ

～滅びゆく魔族へほんわかモミモミ～

1

目次

第0話 序章 活躍の場を求めて

やり直しがきかない状況だと思った。
これからどうすればよいのか、わからなかった。

新宿駅、西口。午後九時を回っていても、駅の近くはたくさんの背広姿の人間が歩いていた。にぎやかさはない。これからそれぞれの家に帰るであろうサラリーマンたちは、一様に虚《うつ》ろな雰囲気で、駅の改札を目指して移動していく。

彼らは、世のため人のために働いている人たちだ。しかしこの時間になると、顔に表情はなく、肩は落ち、背中はくたびれ……。一日の仕事を終えて疲れ果てた彼らは、まるで病人のようにも見えてしまう。

ぼくは本来、そんな彼らを治療する立場の人間だった。

いや、少なくとも今のような状態になる前は、そうであると信じていた。


「そこのお方」

西口にある百貨店の前。最初、そのしわがれ声が自分に向けられているとは気づかなかった。

「そこのお方」

二回目でやっと気がつき、顔を向ける。

「え？　ぼく？」

こくりとうなずいたその老婆は、水晶玉がのっている小さな机の後ろに、背中を丸めて座っていた。フード付きのローブを着ており、そこから漏れる長い白髪に、鋭い眼光。まるで魔女を思わせる風貌だった。

ここにはいつも、占い師が何人もいる。だが、この老婆を見るのは初めてのように感じた。

「ぼくに何か用なの？」

「はい。お手伝いをさせていただこうかと思いまして」

「占い屋？」

「わたくしは占いもいたしますが、『転送屋』でもございます。無料ですのでご安心ください」

どういうことなのか。頭の中がクエスチョンマークで満たされた。

「なんかよくわからないなあ。でもタダなら別にいいかな？」

小さな机の前の椅子に、老婆と対面するように座った。

「まずはお名前を」

「薬師寺マコト。というか、そもそもなんでぼくに声を？」

「あなたは、亡くなられていらっしゃるように見えたからでございます」

「いや、このとおりどう見ても生きてるでしょ」

「いえ、職業人として亡くなられていらっしゃるのではないかと」

「……」

それ自体は的中していた。しかし、適当に言っている可能性もある。そう思い、すぐには信じなかった。

「仕事が上手《うま》くいっていないのは大当たりだけどさ。それだけじゃ信用できないよ」

老婆は「では仕事も当ててさしあげましょう」と言いだし、水晶玉を見た。

「あなたの仕事はマッサージでございますか。開業なされている整体師であられますね？」

「……！」

「これで信用していただけましたか？」

「うーん、なんでわかったんだろう。じゃあ一応、信用はするよ」

「ありがとうございます」

「ただ、正確というわけじゃないな。ぼくは〝整体師〟じゃなくて〝マッサージ師〟だし」

「違いがあるのですか？」

「おおありだよ。日本の法律では、マッサージを業にできるのは医師を除けば『あん摩マッサージ指圧師』だけなんだ。整体院もリラク店も整骨院も、法的にはマッサージを業にすることはできないよ」

老婆は「それは不勉強で申し訳のうございます」と言って、続けた。

「お店は……うまくいっていらっしゃらないのでございますね？」

「まあ、いってないね。患者さんも全然来ないし」

「開業は難しいものでございますね」

「うん。やっぱりさ、今はそこらじゅうにリラク店や整体院があるでしょう？」

「ございますな」

「もう、患者さん取られまくりでさ。こぢんまり一人でやっているマッサージ治療院は、きついんだよね」

「さっき『整体院やリラク店とは違う』とおっしゃられていませんでしたか？　違うのに競合するのでございますか？」

「うーん。違うはずなんだけど。法律にちょっと穴があって」

「穴と申されますと？」

「マッサージの法的な定義がちょっとあいまいで。『これはマッサージではない』と主張すれば、マッサージの国家資格がなくても違反だとは言われにくいんだ。だから、やってることがマッサージ治療院とあまり変わらないリラク店や整体院が結構あるんだよね」

「なるほど、それで競合してしまうわけでございますね」

「うん」

「あなたご自身は、技術的には問題ないとお考えでございますか？」

「それは……問題ないと思うんだけどなあ」

国家資格を取るには、三年制の専門学校に通うことになる。そこでは独学や民間スクールでは学べないこともたくさん勉強するが、ぼくはその専門学校を首席で卒業した。そして学校の授業の他にも、研究会に参加したり、開業している先生のところで勉強させてもらったりもしていた。

卒業後すぐに開業できる力がある。ぜひそうするように――いろいろな人からそう背中を押された。おそらく技術的には問題ない……と思う。

「技術に問題がなければ、宣伝が足りないということは？」

「それがね。法律ではぼくら国家資格者は、看板やチラシに値段を書くことすらできない。どう考えても不利でしょ？　資格がない人は法律が適用されないから、そんな制限はないのに」

「ほほう、それは苦しゅうございますな」

法律では、定められたわずかな項目以外のことは広告に書いてはならない。厳密にそれを守ると、値段はおろか、適応症や施術風景のイラストも載せることができないという厳しさだ。

「では、競合が少ないところに移転することは？」

「いや、そんなお金があったらとっくにやってるって」

すでに、お金はスッカラカンに近かった。開業資金の一部は銀行から借りているが、返せる見込みもない。

「では、転職をお考えには？　まだ十代でしょうに」

「ひどいこと言うなあ。ぼくはどうしてもこの仕事がやりたかったのに」

小さい頃に、家族に頼まれてマッサージをやったことが始まりだったと思う。もちろん当時は知識も技術もない。でも、自分が触《さわ》ることでまわりの人が笑顔になることが嬉しかった。

手技《しゅぎ》で人を治療する仕事がしたい——物心ついたときには、それが夢になっていた。だからこそ、高校を卒業してすぐに専門学校に行き、三年の時間と四百万円の学費をかけて国家資格を取得したのだ。転職など考えたこともない。

「そうなのでございますか」

「あと、ぼく二十一歳だからね？　童顔らしいから、よく間違えられるけど」

丸顔なのもあるだろうし、固めていないショートの黒髪、目も少しパッチリらしいので、それらも合わさってそう見えるのかもしれない。もちろん若く見られるのは嫌《いや》ではないが、貫録もないということになる。仕事上は、ややマイナスに働いている気がしないでもない。

「それは失礼いたしました。

「うん。もう、どうしていいのかわからないんだ。ああ、もっとサクッと環境が変わってくれればなあ」

「ほほう。サクッとですか。しかしそれは少し安易ではございませんか？　世の中、うまくいかない人なんてたくさんいるでしょうに」

「安易だっていい。活躍できる場所が欲しい」

投げやりな感じでそう答えると、老婆の眼光が鋭くなった気がした。

「ほう……おっしゃいましたな」

「え？」

疑問の声には答えず、老婆は水晶玉を見る。

「あなた、ご両親はもういらっしゃらないので？」

「ん？　そこまでわかっちゃうんだ？　たしかに、親はいろいろあって、もういないね」

「では、転送させていただきます。戻れませぬので、現地で後悔のなきようご活躍なさいませ」

「えっ？　どういうこと？」

老婆はまたぼくの疑問の声を無視して、水晶玉に両手をかざす。

ぼくはその水晶玉の中に、頭から吸い込まれていった。

マッサージ師、魔界へ

～滅びゆく魔族へほんわかモミモミ～

第1章　開業

第1話　赤黒い目

水晶玉に吸い込まれ、一瞬だけ、流星が無数に流れているような空間を飛んだ気がした。

行き着いた先は、見たこともないようなところだった。

見上げればカンカン照りの太陽に、雲一つない青空。見渡す限り建物などはなく、草一本ない白色の大地が続いている。はるか遠くにうっすらと丘が見えるが、色は緑ではなく薄い灰色だ。

砂漠？　日本にこんな場所はないはず。どこか違う国にでも飛ばされたのだろうか？

ぼくには、何がなんだかわからなかった。混乱し、しばしその場に立ち尽くした。

だが、徐々に肌がチリチリと焼かれていく感覚がしてくると、何もないこの場所にとどまっていても干《ひ》からびるだけだと思い始めた。

意を決して、少しでも人に発見される可能性が高いだろうと思った方角――丘とは反対方向に歩くことにした。


日差しは突き刺さるように鋭く、風は乾いた熱風。体力はどんどん削られていく。

ダメだ、疲れてきた。どこまで歩けばいいのだろうか。そう思い始めたとき、遠くに小さな粒がいくつか見えた。

きっと人だ。

気力を振り絞って、その方向に歩いた。

粒が少しずつ大きくなっていく。そして、それがラクダに乗った十人ほどの団体であることがはっきりと確認できた。

助けてもらえそうだ。そう判断し、さらに近づいて救助を求めようとした。

「あの、助け――」

「止まれ！」

「えっ？」

その団体のうち、三人がラクダに乗ったまま前に出てきた。そしてぼくを近寄らせまいと、手のひらと言葉を向けて制してきた。

その言葉は……おそらく日本語ではない。だが、ぼくにはなぜか意味を理解することができた。

「まさか……貴様は人間か!?　なぜここにいる!?」

「……！」

彼らは土色のマントを纏《まと》っており、全体的にほとんど露出のない恰好《かっこう》だった。日除《ひよ》けのフードもしっかりとかぶっているため、その表情をうかがうことはできない。だが、「人間か!?」という言い方。そしてこちらに対する態度から、あふれ出る異種感が十分に伝わってきた。

「リンドビオル卿、いかがいたしましょうか？」

三人のうちの一人が後ろを振り向き、そう言う。

すると後方から「どれどれ」という清涼感のある男の声とともに、ひときわ立派なラクダに乗った人物が現れた。そして、フードをとってこちらを見る。

リンドビオル卿と呼ばれたその人物は、若い青年だった。白い肌。後ろで縛られた長い金色の髪。

育ちの良さそうな整った顔立ち。浮かべられている爽《さわ》やかな微笑。

それだけなら、なんということはなかったかもしれない。へえ、貴族風のイケメンさんだ、と思っただけだったかもしれない。

しかし、こちらに向けられているその目は——赤黒かった。

その見慣れない瞳の光は、ぼくの体と心を瞬時に凍らせた。

「ほう、人間の少年か。一人のようだな」

「殺しますか？」

——ええっ？

「いやいや。そんなもったいないことをしてはならない。ここは生《い》け捕《ど》りにするのだ。我が家の奴《ど》隷《れい》にしようではないか」

「奴隷……になさるのですか？」

部下とおぼしき人のその声は、明らかに困惑している様子だった。しかし金髪の青年は面白そうな笑みを浮かべたまま、うなずく。

「そうだ。私はずっと人間の奴隷が欲しいと思っていた。人間の兵は捕虜《ほりょ》にしようとしてもすぐに自害してしまうし、仮にそうでない場合も我々魔族《まぞく》の同胞が殺してしまうから難しかったのだが。

これは好都合だ」

「……はっ。では、ただちに」

三人がラクダを下りた。

「え。ちょっと待——」

あっという間に転《ころ》ばされて、全身を縛られた。そして体を大きな布でグルグルに巻かれ、抵抗もままならないままラクダに積まれた。

奴隷？　魔族？　いったい……。

状況が整理できないまま、物事が展開されていく。まったく頭がついていかなかった。

＊　＊　＊

すぐにどこかに到着するのかと思ったが、予想に反してほぼ丸一日ラクダの背中で揺さぶられることになった。横積みにされていたので、景色の移り変わりもよくわからない。

やっと揺さぶりから解放されて景色を確認したときには、目の前にずいぶんと立派な石造りの屋敷があった。途中聞こえてきた話では、どうもリンドビオル卿と呼ばれていた人物の別荘らしい。

ぼくはラクダから降ろされ、エントランスを入ったところで縄を解かれたのち、広いリビングほどの大きさがある部屋へと案内された。


白っぽい石材を使った壁。高価そうなソファやテーブル。どうやら応接間のようだ。

テーブルを挟んで窓側に、リンドビオル卿と呼ばれていた人物が座っている。砂漠用と思われたフード付きマントは脱いでおり、いかにも仕立てのよさそうな黒基調の服を着ていた。

そして、その右には、黒のワンピースにフリル付きの白エプロン、メイド姿の女性が立っている。

ぼくは二人に相対するように、向かいのソファに座った。

「私の名はルーカス・クノール・リンドビオルだ。ルーカスと呼んでくれればよい。ええと、この場合は自己紹介をどこまですればよいのやら……」

どうやら、青年の名前はルーカスらしい。

「フフフ。ルーカス様、前に『大は小を兼ねる』とおっしゃっていませんでしたか。全部言ってしまえばよいのですよ」

「おおシルビアよ。たしかにそのとおりだ。素晴らしいぞ」

シルビアと呼ばれたメイド姿の女性も、ルーカス同様に白い肌と長い金髪だった。しかし彼のように後ろ髪を束ねてはいない。窓から差し込む光で輝くサラサラなその長い髪は、自然に背中へと流されていた。

目の色は……二人とも同じだ。

しかし、今の掛け合いを聞いたからだろうか、その赤黒さはだいぶ柔らかい印象に変わっている。

「フフ。ルーカス様の人間語録はすべてメイド日誌に書いてありますのよ」

「ふふふ。さすがは魔国一のメイド長」

「ウフフフ」

二人を前にどうすればよいのかわからず困惑していると、ルーカスは「おお、すまない、人間の少年よ」と言って自己紹介を再開した。

「私は軍に所属しており、参謀をしている。さらに言えば自称天才である。そして私は稀代の人間研究家と言われており、魔国のために日々人間の研究に励んでいる。齢は二十八歳。好物は最近人間が開発したというカップスープであり――」

この自称天才を自称する人は、本当に思いついたことを思いついた順に全部言いそうだった。たまらず遮《さえぎ》る。

「あの、すみません。詳しい自己紹介の前に、まずここがどこなのかというところから教えてほしいんですが」

「む？　少年よ、お前は記憶喪失なのか？」

彼が不思議そうに質問してくる。ぼくは日本語で話しているはずなのだが、やはりなぜか意味は通じているようだ。

「いえ、そうじゃないんですが、どうも違う世界から飛ばされたような感じで」

「ほう……？　何かわけありのようだな。よいだろう」

ルーカスは興味津々の様子でそう言うと、説明を始めた。

たぶんこの人、頭はいいのだろう——それはなんとなくわかったのだが。

話の脱線が多いし、ちょこちょこメイド長と掛け合いが始まって中断するなど、お世辞にも流れがよいとは言えず……。正直、今の精神状態で聞くのは少ししんどかった。

とりあえず聞いた話を簡単にまとめると、ここはクローシアという大陸で、今いるこの国は魔国ミンデアというらしく、魔族の単一種族国家とのこと。そして、この屋敷があるのはレンドルフという村だそうだ。

ぼくが捕まったのは、この村から一日ほど西に行ったところにある塩湖の跡。ルーカスは「人間の書物によれば内陸性塩湖の塩は独特の風味で……」などと意味不明なことを言っていた。個人的な趣味で塩を採取していたところだったようだ。

いきなり知らない固有名詞ばかり言われても覚えられる気がしなかったが、異世界に来てしまったということは、これでどうやら確定だ。

意外と、そのこと自体にはショックがなかった。やはりそうなのか——そう思っただけだ。

ルーカスやその部下たちの赤黒い目、そしてその醸し出す異質な雰囲気。それである程度、覚悟ができてしまっていたからか。それとも、もうあっちの世界では詰《つ》んでいたと思っていたので未練がないからか。どちらなのかは、よくわからなかった。

それよりも、いきなり魔族の奴隷になるという流れのほうがショックだ。あの転送屋のお婆さん、転送先は指定できなかったのだろうか。どうせなら人間の国に飛ばしてほしかった。

この先、どうなってしまうのだろう。

第2話 まずはモミモミ

魔族と言われても、小説や漫画の世界のイメージしかない。

異世界モノのライトノベルは何冊も読んだことがあるが、魔族がどのような種族なのかということになると、作品によってさまざまだった記憶がある。

この世界の魔族は少しでもまともな種族でありますように——そう祈るしかない。

「よし。では少年よ、次はお前の自己紹介をしてもらおうかな」

ルーカスはこの世界の説明と自身の自己紹介を終えると、ぼくに対しても自己紹介を求めてきた。

「あ、はい。では――」

「ああ、そうだ。その丁寧な言葉遣いはやめてもらおうか」

「え、でも」

「お前は私に捕まった奴隷だ。これは主人からの命令だ。対等な言葉遣いをするがよい」

「奴隷なら、対等な言葉遣いって変じゃないんですか？」

「ふふふ、甘いな。私の研究したところでは、人間の世界において、奴隷とは主人の心を映し出す鏡なのだ。奴隷を虐待しているところは主人の心も荒《すさ》んでいる。つまり、奴隷を厚遇すればするほど主人の〝格〟は上がるというわけだ」

「そういうもんなのですか」

「ウフフフ。ルーカス様の人間研究は一流なのですよ」

「うむ。シルビアの言うとおりだ。私ほど熱心に人間を研究している者は、この魔国にはいない」

「はあ」

その一流の人間研究とやらはあまり正確ではない気がしたが、適当に流した。突っ込んでも意味がなさそうだったので。

「ということでだ。普通に話すがよい。私の奴隷ということは、魔国一美しく、そして理知的な奴隷であることを意味する。いたずらにへりくだる奴隷は要《い》らない」

「そちらのメイド長さんは丁寧な言葉遣いなのに？」

「少年よ。お前は人間なのに人間界の基本がなっていないな。メイドはへりくだってこそ美しい職業なのだ」

「そうなんですか」

「しかもだ。シルビアは言葉遣いこそへりくだっているが、心は決して卑屈などではない。下からではなく、水平よりほんの少し上からへりくだる……難しいが、その絶妙な角度が肝要なのだ」

ダメだこりゃと思ったが、彼なりの研究成果を尊重することにした。

「んー、なんかよくわかんないけど。じゃあ普通に話すよ。ルーカス」

「よしよし」

「よしよしです」

カップルにしか見えない二人に、頭をなでなでされた。

ぼくは名を名乗り、自分が日本で生まれたこと、現在はマッサージ師であること、そしてここには転送屋なるお婆さんに飛ばされて来たことを、簡単にまとめて話した。あとは、二十一歳なので少年呼ばわりはやめてね、とも。

ルーカスは、興味深そうにメモを取りながら聞いていた。

「して、少年……ではなかった、マコトよ。マッサージ師とはなんだ？　そんな職業は聞いたことがない」

「えっ？　そうなの」

「ああ。少なくとも魔国にはない職業だ。どんな仕事なのだ」

「うーんと。揉《も》んだり、押したり、叩いたりしてその人を健康にする仕事、かな？」

マッサージという仕事がないというのは、少し驚いた。だが、世界が違えば存在する職業も違ってしかるべきだ。おかしくはないのかもしれない。

「ふむ。しかし、押したり叩いたりというのは攻撃だと思うのだが。攻撃して健康になるとは不自然な話だな」

「いや、なんでそうなるの」

「ん？　よくわからんぞ？」

「ルーカス様、実際にやってもらってはいかがでしょうか？　前に『百聞は一見に如《し》かず』とおっしゃっていたではありませんか」

「おお、さすがはシルビア。そのとおりだ。では実際にやってもらうとするか」

　まさかの流れで、実演することになった。

　本心は、いきなりやることに抵抗はある。人間ではない以上、体の仕組みも少し違う可能性があると思うからだ。

　だが、今は「できません」と言える立場ではない。

　ルーカスの見かけは、目の色を除けばほぼ人間だ。背は高いが百八十センチ程度だろう。今話しているときにも、首に胸鎖乳突筋《きょうさにゅうとつきん》——首の左右側面にある二本の筋——が見えていた。骨格や筋肉のつき方などは、人間とさほど変わらない可能性が高いように思う。

　施術用のベッドはないので、床で施術することになる。敷物や布など、施術に必要なモノを伝えると、メイド長とルーカスが持ってきてくれた。

テーブルや椅子を隅《すみ》に片付け、部屋の中央に敷物を敷く。

「ここに寝ればよいのか？」

「うん。けどその前に、簡単な体の検査をするよ」

「どうすればよい？」

「まず薄着になって真っ直ぐ立って」

メイド長が興味津々という感じで見ているなか、検査を開始した。

まずは、全体的な体のバランスを目視で確認する。基本的にはきれいなシルエットだ。姿勢がよいので背の高さが際立つ。そして、ぶっといわけではないが、筋肉の発達が凄《すご》い。参謀だと言っていたのに。

やや腰の前方への反《そ》りが強く、いわゆる反《そ》り腰《ごし》に近いのは気になるが。よい姿勢を意識しすぎて腰の筋肉が緊張してしまっている可能性はあるかもしれない。

「少し背中を触るね」

「わかった」

背骨を頸椎《けいつい》から腰椎《ようつい》まで一個ずつ触り、確認していく。

頸椎は七番まで、胸椎《きょうつい》は十二番まで、腰椎は五番まで。うん、人間と数は一緒だ。

次に背骨を上からゆっくりなぞってみたが、側彎《そくわん》——左右の曲がり——もなく、きれいだった。

反り腰気味な点以外で、そんなに気になるところはない。

続いて、筋肉も一通り手のひらで触って確認してみる。

「お前の手は少し不思議な感じがするな」

「そう？」

「種族が違うから当たり前なのだろうか？　今まで人間に触《さわ》られたことはないからな」

「そうかもね」

触った感じは、やはり腰の筋肉の緊張が少し大きく、硬い。

「じゃあ、今度は椅子に座ってみて」

「こうか？」

「そうそう」

座っている姿勢も悪くない。猫背になっていることもなく、背筋はピンと伸びている。美形なのは顔だけではない。

「座っていることは多いの？」

「参謀だから、平均的な魔族よりは多いだろうな。もちろんトレーニングも人一倍やっているつもりだが」

それで筋肉質なのか。

参謀イコール肉体派ではない、というのもぼくの世界の話だ。こちらでは違うのかもしれない。

「じゃあ、うつ伏せに寝てみて」

「こうかな？」

「うん。そんな感じ」

「あ。うつ伏せだと何をやるのか見えないな。『一見に如かず』にならない気がするぞ」

「フフ、大丈夫ですよルーカス様。前に『心の目で見よ』とおっしゃられていたではありませんか」

「おお、シルビア。たしかに私ほどの者なら直接見る必要はない。さすがだぞ」

「ウフフフ」

漫才は放置して始めることにした。

寝ているルーカスの横で、両足の指を立てて踵《かかと》の上に腰を下ろす「跪座《きざ》」という姿勢を取った。

「じゃあ、始めるね」

まず肩から足先まで、両手のひらをしっかり当てて撫でる。施術の一番初めにおこなう「軽擦《けいさつ》」と呼ばれる手技《しゅぎ》である。

「うっ」

「えっ？　どうしたの」

「いや、大丈夫だ……お前の手はやはり少し不思議だな」

「そう？」

ルーカスは反り腰気味で、腰の下部に負担がかかりやすい形だ。しかも、彼は座っている時間が長いと言っていた。実は腰に関して言えば、立っているよりも座っているほうが負荷がかかるのである。

まずは、腰の筋肉の緊張を取るところからやっていくことにした。

手根《しゅこん》――手のひらの手首に近いところ――で大きく揉んで、と。

「アアッ」

え、何。

「強すぎたかな？　大丈夫？」

「ハアハア……いや、大丈夫だ。続けてくれ」

「うん」

揉みやすい大きな筋肉だけでなく、背骨のキワの部分も施術したほうがよさそうに見える。

拇指《ぼし》でぐいっと。

「アアアッ」

……？

腰をある程度やったら、お尻も施術。腰だけ揉んでいても、筋肉がゆるむのに時間がかかる。治療効果を考えた場合、やはり他の部位もしっかり攻めたほうが効率がよい。

「ハアアッ」

その次は膝裏の中央部、委中《いちゅう》というツボが腰にはよく効くので指圧、と。

「アアアアア――――！」

続いてふくらはぎ。ここはいきなり拇指だと痛いので、両手で包んで圧迫するように施術。

「アアアアアアッ――――！」

……なんか知らないけどうるさいなこの人。

「ルーカス様、お声が少々うるそうございますわ」

「おおシルビア、すまないな。少し抑えるようにするぞ」

そして足だ。靴下をそっと脱がせる。

臭《くさ》い。

「ルーカス様、お御足《みあし》が少々くそうございますわ」

「おおシルビア、すまぬ。丸一日靴を脱げなかったからだな。あとでしっかり洗おう」

リラックス効果もあるし、足裏の施術は欠かせない。

ぐいっと。

「ハアアアアァァァッ――――!」

うるせえええええ!

第3話 お誘い

あのあと、肩の施術や、仰向《あおむ》けで体の前面も施術し、仕上げのストレッチもおこなった。結局、人間に対する施術とほぼ同じようにやったことになる。

人間との体のつくりの違いがあれば見逃すまいと神経をとがらせていたが、大幅に違う骨や筋肉はなかったように思う。

少し引っかかった点としては、足の小指の関節が一つ足りなかったこと。ただし、これは今までいた世界の人間でも足りない人は結構いる。特に異常ということではない。

「ハァハァ……」

「大丈夫? ルーカス」

「大丈夫ですか？　ルーカス様」

「ああ……大丈夫だ」

全身脱力状態のルーカスは、立ち上がった際に少しよろけた。慌てて椅子につかまり、体を支えている。

「シルビア、お前も受けてみろ」

「よろしいのですか？」

「ああ、これは説明不能だ。実際に受けてみなければわからない」

「なるほど……」

ということで、メイド長にもやることになった。

また同じように、立位の姿勢チェックから始める。

メイド〝長〟だが、まだ若い。おそらくぼくと同じくらいか、少し上くらいだろう。やはりメイドらしく、スラリとしたプロポーションなのだが、ルーカスよりも危険な類いの反り腰に見えた。

彼女はヒールが高いメイド靴を履いている。そのせいでつま先体重になっているのか、骨盤が前に倒れている。これは一般的にハイヒール腰と言われている形で、腰の痛みや足のシビレにつながりやすい。すでに痛めている可能性もあるのではないか。

「腰、痛かったりするんですか？」

「あら、わかるのですね」

横で「ほう……」とつぶやくルーカスの声が聞こえる。

「たしかに重くて痛いですわ。しかも治癒《ちゆ》魔法をかけても何も変わらず、そのままですの」

「へえー。そうなんですね」

　ここで、ルーカスも話に入ってきた。

「そうなのだ。なぜか治癒魔法で和《やわ》らぐ痛みとそうでない痛みがあるようでな。魔国で最も博識な私にも、どのような仕組みでそうなっているのかはわからない。ただ、ケガの痛みについては治癒魔法でほぼ確実に和らぐ、ということはわかっている」

　それを聞いて、今さらながら、ああやっぱりこの世界は魔法があるんだ、と思った。

　そして、「ケガの痛みは魔法で軽減するが、そうでない痛みは軽減しないことがある」ということについては、別に不自然だとは思わなかった。

　一般的なイメージの治癒魔法は、あくまでも損傷した組織の修復をするだけだ。鎮痛剤のように痛みを直接取る作用はないだろう。そうなると、治癒魔法が外傷によらない痛みを治しづらいというのは自然な話だ。

「じゃあ、横向きで寝てください」

「うつ伏せではないのですね？」

「はい、おそらく最初は横からやったほうがいいと思いますので」

　寝る姿勢は仰向け、うつ伏せ、横向きの三種類に分かれる。そのうち、腰に最も負担がかからないのは横向きである。たとえば、ギックリ腰などで「とにかく痛い！」というケースでも、横向きで寝ることは可能であることが多い。今回のケースでは腰が結構ヤバいように見えたので、横向きで十分に施術してから体位を変えていくことがよいように思えた。

　さて、では施術だ。

これくらいのベッピンさんをやるときでも、おかしな気を起こすことはない。仕事であれば、そのようなスイッチが入ることは絶対にない。それがマッサージ師である。

「ふふふ、マコトよ。魔国一の美女に触《さわ》れることをありがたく思うがよい」

そう、このように余計なことを言う人がいなければ大丈夫だ。

深呼吸して、雑念とルーカスの声を振り払う。

「では太ももの内側から触っていきます」

もちろんいきなり腰からやる手もあるのだが、ハイヒール腰であれば、太ももの前面にある大腿《だいたい》四頭筋《しとうきん》や、内側にある内転筋《ないてんきん》の緊張も強くなっている。今回は内転筋から始めることにした。

フリルの付いたエプロンドレスをめくる。白い生肌《なまはだ》が露《あら》わになった。

横向きの場合、下になっている側の太ももの内転筋は、上から真下に押すだけで施術可能だ。とてもやりやすい。手のひらを密着させ、体重をかけて押す。

「アッ！」

メイド長の体がピクンと反応し、やや高い声が部屋に響く。

押圧《おうあつ》していくと、絹のようなきめ細かい肌の感触だけでなく、その奥にある筋肉のハリを手に感じ取ることができた。そのハリを溶かすように、丁寧に圧をかけていく。

「アアアッ！」

内転筋がゆるんできたので、次は大腿四頭筋を両手で把握して揉む。

「ハアアアッ！」

……。

その次はくびれた腰を親指で指圧、と。

「アアアアアッ――――!」

続いて仙骨《せんこつ》――腰の下、骨盤中央にある逆三角形の骨――に手を引っかけ、滑らないように足の方向に伸ばす。詰まりやすい腰椎《ようつい》四番と五番との隙間《すきま》や、腰椎五番と仙骨との隙間を伸ばすイメージだ。

「ンアアアアアアァアッ――――!」

このカップルうるせえええええ!

＊　＊　＊

翌日。奴隷なのに豪華な客間のベッドでぐっすり寝たぼくは、朝からさっそくルーカスに呼び出された。

また昨日の応接間だ。ルーカスはソファに座り、メイド長が横で立っている。

「マコトよ。手を見せてほしい」

「え?　うん。いいけど?」

テーブルの上に両手を差し出すと、ルーカスはジロジロと観察した。そして手のひらを指でツンツン突いたりしている。

「やはり何か仕掛けがあるようには見えない。不思議だな」

どういうことだろう?　首をひねっていると、彼から質問が飛んできた。

「人間である以上、お前は魔法を使えるわけではないな？」

「そりゃそうだよ。逆に、魔族は全員、魔法を使えるんだ？」

「もちろんだ。〝魔〟族を称しているくらいだからな」

「へー。魔族の魔は悪魔の魔かと思ってた」

「ふふふ、お前はこの世界の勉強が足りないな」

そんなことを言われても、ぼくはまだ来たばかりなので勉強のしようがない。だがそのことはルーカスの頭から抜けているようである。

そのまま話は続く。

「まあ、もちろん使える魔法に個人差はある。特に、私のように優れている者はそのレベルも格段に高いのだ」

「ウフフ。ルーカス様の魔法は魔国最高のクオリティなのですよ」

「ふふ、さすがはシルビア……表現の選択も完璧だ。私の魔法は威力も当然魔国一を誇るが、クオリティが最高であるというのが最適な表現だ」

まだ会ったばかりなのでなんとも言えないのかもしれないが、しゃべると残念なカップルというイメージで固めてよさそうに思えてきた。観賞したいわけではないので、さっさと呼び出した用事の話に入ってもらうことにする。

「で、朝からどうしたの？」

「うむ。体が非常に軽いのだ。私も少し腰に痛みがあったのだが、今朝《けさ》はかなりよくなっている」

「よかったじゃん」

「シルビアも腰の痛みがだいぶ楽になったそうだ」

「はい。マコト様、ありがとうございました」

「いえいえ。よかったですね」

メイド長に満足そうな笑顔を向けていたルーカスが、視線をぼくのほうに戻した。

「しかも不思議なことに、だ」

「ん？」

「気分まで軽くなっている。生きる希望……と言えば大げさなのかもしれないが、目の前が開けて明るくなったような錯覚がある」

「ルーカス様、それはきっと錯覚ではありませんわ。わたくしも景色に輝かしさを感じていますから」

「ほお、それなら間違いないな。さすがはシルビア。この国で最も輝かしいメイドだ」

「ウフフフ」

真面目な話がくるのかと思ったら、また脱線。突っ込む気もないので掛け合いはスルーした。

とりあえず、いきなりぼくの手を調べた理由はわかった。二人に施術の効果が出たようで、手に何か細工でもあるのか確認しただけのようだ。

「さて、では本題にいきたいのだが」

「うん」

やっと話が進むらしい。メイド長が「いつものものをお持ちします」と言って一度部屋を出ていく。そしてぼくのほうは、昨日渡された手帳を開き、ペンを手に持つ。

ルーカスはこちらのメモの準備ができると、静かに言った。

「マコトよ。お前、王都で開業してみる気はないか？」

ええ!?

ぼくは驚きのあまり、立ち上がってしまった。

「奴隷なのに開業!?」

「ああ。奴隷であろうと、お前の技術が今の魔国に必要。しかも至急。私はそう考えている」

「……何か事情があるんだね」

「ふふふ、そうだな。事情はある」

口元には相変わらずの微笑。だが、赤黒い双眸《そうぼう》が一瞬だけ鋭く光った気がした。

第4話 事情

日本では一度、開業を経験している。

保健所への登録が必要なので、何度も足を運んで相談し、開設の届け出をした。税務署にも開業届を出し、その他備品を揃えたり、事業計画を持って銀行へ融資の相談に行ったりと、一通りのことはやっている。

しかしここは異世界。しかも魔族の単一種族国家だ。開業までこぎつけるのは一筋縄ではいかないだろう。資金面についてはこのような話を振ってくる以上、ルーカスが出してくれそうな感じはあるが……それ以外の面での不安が大きすぎる気がする。

ここではマッサージという技術がないらしいので、前例がないことをやっていく大変さもあるだろう。それに……砂漠でルーカスたちに遭遇したとき、彼の部下がぼくのことを当たり前のように「殺しますか?」と言っていたことが、耳に残っている。つまり、ぼくが人間という事実自体が大きな障害となりそうだということが、容易に想像できてしまうのだ。

それでもなお、ルーカスが急いで開業を勧める『事情』。それはなんなのだろうか。


「で、その『事情』って……何?」

座り直したぼくは、目の前に座っているルーカスにその中身を聞いた。

「実は……魔国はこのままいくと近い将来、人間の国々に滅ぼされそうでな。お前に、この国の力になってほしいのだ」

「は?」

そこまで重い話がくるとは予想もしていなかったので、驚いた。

「ネタじゃなくて?」

「ああ、本当だ」

「フフ。ルーカス様は嘘をつきませんのよ」

戻ってきたメイド長が、応接間のテーブルにカップスープを置きながらそう言った。

コーンのよい匂いが鼻孔《びこう》をくすぐる。まあ、これが置かれた時点で話が長くなるというニオイもするわけだが。

「ふふふ。シルビアの言うとおりだ。人間の国でも『コメディアン嘘つかない』と言うだろう」

ルーカスがそう言って、カップスープに口をつける。メイド長はサッとメモを取ったようだが、ルーカス人間語録に加えるつもりだろうか。思いっきり間違っているので、あとで訂正するよう伝えておいたほうがよいかもしれない。

いや……そんなことは今はどうでもいい。

それよりも、魔国の置かれている状況についてもう少し知りたい。ぼくはルーカスに説明を求めた。

彼はそれを受け、自称わかりやすく語り始めた。

大幅に省略してまとめると、次のようになる。


このクローシア大陸では、魔族の歴史は人間に比べると浅いという。

人間の歴史については、国と呼べるものをつくるようになったのは五千年前くらいであると言われている。

一方魔族の歴史は、魔国が建国されたと言われる二千年前までしか遡《さかのぼ》れない。魔族自体はもっと昔からいたのかもしれないが、それ以前はなぜか人間側にも記録が残っていないので、その起源などまでは明らかではないそうだ。

はっきりしていることは、二千年前に魔族の単一種族国家である魔国が建国され、長らく大陸の西側三分の一を支配下に置いていた、という事実である。

そして、人間の国々と魔国が戦争をするようになったのは、今から三十年前のこと。

魔国は開戦以来、大きな戦いにおいて十八連敗を喫しており、恐るべきスピードで領土が縮小。現在は大陸南西の不毛な地を中心として、大陸全土の五分の一程度の版図《はんと》となっている。

また、大陸の南東には小さな島があり、そこに古くからドワーフの国があることにもルーカスは言及した。魔族に対しても人間に対してもずっと中立の立場をとっており、現在も双方と交易があるらしい。

ちなみにルーカス大好物のカップスープは人間の国で開発されたものだが、彼はドワーフの要人と何やら個人的なパイプがあるようであり、かの国を通して製法を入手したらしい。もちろん中立国経由とはいえ、機密情報はそうやすやすと入手はできないそうではあるが。


「どうだ？　理解できたか、マコト」

「うん。だいたいわかった」

「そうか、それはよかった」

「でもルーカスを見てると、危機感が全然ないように見えるけど」

「ふははは。危機感はあるぞ？　ただ、現実は現実として、受け止めなければならないからな」

「ルーカス様はポジティブなのですよ、マコト様」

笑いながら飄々《ひょうひょう》と自種族の危機を語る彼からは、あまり軍の参謀らしい雰囲気は感じられないが、まあ極度な悲観主義よりはマシだろうと思うことにした。

「で、国の状況はわかったけど、それとぼくが開業することに、どんなつながりがあるの？」

「うむ。私は、敗戦続きということ自体はそこまで気にしてはいないが――」

「いや、気にしたほうがいいよね」

「ふふふ、まだまだ人間研究が甘いな、マコトよ。私が愛読している人間の書物によれば、外圧だけですぐに国が滅ぶということはありえないのだ」

「そうなの？」

ルーカスは「そうだ」と言って、続ける。

「だが、落ち目になってくると、国民全体の心が荒《すさ》んでくる。そうなると、内部でよからぬことがたくさん発生してくることになるのだ。内輪もめがそのよい例だな」

「なるほど」

「書物には、心が荒んで発生する諸問題がきっかけとなって滅亡が加速するということは十分にありえると書かれている。そこで、お前に我々魔族の体と心を診《み》てもらい、これ以上国が沈み込まないようにしたいというわけだ」

そういうことだったのか……と、ぼくは彼の狙いをようやく理解した。

そして、だ。

ルーカスは「体と心」という表現をしている。これは、マッサージが体だけではなく、心のケアにもなるということをはっきりと認めたことになる。

もちろん、それは事実だ。マッサージは肉体面だけでなく、精神面にも効果があるとされている。具体的にはストレスを軽減させ、不安や緊張を和らげ、抑うつ状態の解消なども期待できる。

一回の施術でルーカスがそこまで感じ取ってくれたというのは、施術者として、この上ない喜び
——そう思った。

「うん。だいたい事情はわかったよ」

「そうか、さすが私の奴隷だ。理解が早い」

「さすがですわ。マコト様」

この開業話、前向きに話を進めていきたいと思った。

だが、懸念していることについては、ここで伝えておくべきだろうとも思った。

「ええと、事情はわかったし、やってみたいとも思うんだけど。心配なこともあるね」

「心配なこと？」

「うん。ぼく、人間だけど。それは開業する際にマイナス要因にはならないの？」

「ふふ。なるどころか、特に何も周知させないままマコトがこの屋敷から外に出たら、殺されるだろうな」

「だからさ、そういうのって笑いごとじゃないでしょ……」

「まあ、心配だというのはよくわかる」

「まだ死にたくないからね」

「そのあたりの社会的な問題はすべて私が解決しよう。任せるがよい」

「大丈夫かなあ」

「大丈夫だ。さっそく明日、ここを出発してお前に王都を見てもらう」

……え？

「いやいや。出たら殺されるって今言ったばかりじゃないの。なのにいきなり明日出発って」

「ふふふ。私がなんとかする。安心するがよいぞ」

もう嫌な予感しかしない。

第5話 王都へ、出発

「うむ。なかなか似合うぞ。マコト」

「うーん……これで本当に大丈夫なのかなあ」

リンドビオル家別荘のエントランスで、ぼくは黒色のフルアーマー姿にされた。目の部分がサングラスのようになっており、外から目の色を確認することは難しい。なので人間であることがバレず好都合、ということらしい。

あらためて鏡を見る。

全身漆黒のパーツ、兜《かぶと》には二本の角《つの》。ビジュアルが中二病全開である。ルーカスが開発責任者だったらしいのだが、正直なところあまり着けたくなかった。

しかし、これだけガチガチだと動けなくなりそうなのだが、そうでもない。むしろ体が軽くなった気さえする。

「見かけよりはずっと軽いね。ちゃんと動ける」

「そのはずだ。魔法が込められている」

「なんでこんなのがすぐに出てくるわけ？」

「試作品で作っていたものだ。まあ、戦争用だな」

「じゃあこれから量産するんだ」

「いや、この別荘にある試作一着だけで打ち切りになった」

「なんでやねん」

「前回の戦で大きな鉱山を奪われてしまってな。金属が高価になってしまったのだ」

「あ、そう。まあいかにもコスト高そうだもんね、これ」

何か致命的な不具合があるのかと一瞬不安になったので、ひとまずは安心。デザインについては我慢することにしよう。

「人間の奴隷を所有すること。奴隷に開業させること。どちらも前代未聞だ。よって魔王様の承認を得る必要がある。だが謁見《えっけん》は正式な手続きを踏むので、王都に行ってすぐにはできないだろう。なのでその間、先に王都を一通り見学してもらおうと思う」

「うん。わかった」

……やはり魔王が存在するのか。

あらためてファンタジーの世界だなと感じた。怖い人でなければよいが。

もし承認が下りなかったら……というのは精神衛生上考えないほうが良さそうだ。自信ありげなルーカスの顔を信用することにしよう。

「そうだ。それまでは念のために偽名を使おうか」

「はあ。どんな名前に？」

ルーカスは腕を組んで少し考えた。

「よし。では『ただようよろい』というのはどうだ？」

「漂ってないのでマコトのままで結構です」

本気なのかネタなのかはわからない。だがセンスが欠落していることは疑いない。

「さて、出かけるか。みんな準備はよいか」

メイド長や、最初ぼくが捕まった塩湖の跡でルーカスと一緒にいた九人の部下。彼らが一斉にうなずいた。

王都までは駅馬車で行くらしい。みんな軽装なのに、一人だけフルアーマー。鼻がかゆくなったりタマの位置が悪くなったりしたら大ピンチだ。

そんな事態になりませんように。そう祈り、ガチャガチャと音を立てながら、駅に向かって歩き始めた。

＊　＊　＊

歩いている途中に見えた村の様子は、少し寂しいものだった。

もちろん、砂漠が近いので植物も少ないし、家も日干しレンガと思われる造りが多いため、色彩的に乏しいという理由はあるだろう。だが、それだけではないと思う。

まず、人が圧倒的に少ない。

村なので少ないのは当然かもしれないが、メインになっている通りを歩いているはずなのに、たまにしか人に会わない。

また、そのたまに見かける人たちも、どこか疲れた雰囲気だった。

やはり敗戦続きということが関係しているのだろうか？　すれ違う人を観察した限りでは、髪の色や肌の色はそこそこバラけていそうな感じだった。やはり共通していたのは赤黒い目……なのだが、元気がないことでも同様に共通していたように思えた。

もしも彼らに背広を着せたら。新宿でいつも見ていた、残業でくたびれ果てたサラリーマンと同じに見えるかもしれない。

駅馬車の乗り場は、村の入り口近くにあった。

フルアーマーのぼくはだいぶ目立っていたが、人間であることはバレることなく到着。

乗り場に着いたら、すぐに係の人が飛んできた。

「おはようございます、リンドビオル卿」

「おはよう。準備はできているか？」

「はい、できております。たしかまだ長期休暇中だったと記憶しておりますが、もう戻られるのですね」

「ああ、少し予定変更だ。これから十二人、王都に帰ることになった」

「それはそれは、お疲れさまでございます」

十八連敗中の軍の参謀が……長期休暇だと……？

何か深い事情があるのだと信じたいが、ない気配もして怖い。

馬車は屋根付き八人乗りのものを二台用意したようだ。ぼくは、ルーカス、メイド長、そして三人の部下と一緒の馬車に乗った。

内部は、人が向かい合って座るように左右に長椅子が設置してある。フルアーマー姿のぼくは幅を取ってしまうので、片側の長椅子には、ぼくとルーカスの部下一人だけ。他の四人は反対側に座るかたちになった。

＊　＊　＊

レンドルフ村から王都まで延びている道を、ひたすら進む。

馬車の動きは軽快だった。揺れについても思っていたほどではなく、落ち着いて窓から風景を見ることができた。道の整備が行き届いていることもあるのだろうが、馬車に乗るときに係の人が何やら魔法をかけており、そのおかげもあるようだ。

しかし……。砂漠が近いので植生が乏しく、その景色は黄土色の荒涼たるものだ。見ていてもすぐに飽き、視線が車内に戻ることになる。

向かい側のルーカスの部下二人は、警戒心マックスな顔でこちらを見ている。そしてぼくの隣に座っている部下の一人は、ぼくからかなり距離を取って座っていた。

そういえば――。

別荘に到着してから何度も顔を合わせているのに、部下たちからは一度も声をかけられていない。こちらから挨拶をしても、露骨に体を引かれ、その上で頭をちょっと動かすくらいだった。

そして今のこの状況である。忌避、警戒……下手《へた》をしたら恐怖？　人間であるぼくは、どうやらそのような対象になっているようだ。

この場では、ルーカスだけが面白そうにこちらを見ていた。そして、メイド長は面白そうにしているルーカスを面白そうに見つめている。やはりこの二人が特殊なのだ。

「ルーカス、聞いてもいい？」

「よいぞ。なんでも聞くがよい」

「人間が……好きなの？」

「ああ、お前には先にはっきり言っておいたほうがよいだろうな。好きなわけではない」

「好きじゃないのに、人間研究家なんだ」

「ふふふ、すべては魔国と魔王様のためだ。悪く思うな」

「別に悪くは思ってないよ」

ルーカスは微笑を浮かべながら、「それならよいのだが」と言った。

こちらは別に気にはしていない。まあそうだよねと思っただけだ。

「暇だから他にも質問があれば答えるぞ」

「じゃあ聞こうかな」

「なんだ」

「王都まではけっこう時間かかるんだよね。馬車に水を積まなくてよかったの？」

旅に水は必需品。しかし見たところ、荷台には水が積まれていなかった。不思議に思っていたのでそう聞くと、彼は「なるほど」と言って右手のひらをぼくに見えるように差し出した。

「……！」

手のひらの上に輝く透明な球《たま》が現れ、少しプルンとしたのち、静かに弾《はじ》けた。張力を失ったそれは指の間から零《こぼ》れ、馬車内の床を少し濡らす。

水だ。

「こういうことだ。飲み水程度なら各自魔法で出すことができる。旅の途中でわざわざ湧水《ゆうすい》を見つける必要もなければ、水を大量に積んで馬車を重くする必要もない。まあ、生活用水や農業用水となると大量の水が必要になるので魔法では無理だがな。水資源が大切なのは人間と変わらない」

メイド長が、ルーカスの濡れた手を布で丁寧に拭き始める。

ルーカスはその間、水の他にも氷を出したり火を出したりと、多彩なことが魔法で可能であると補足説明した。

それを聞いたぼくは、魔法というものに対して感心するとともに、またひとつ疑問が浮かんできた。

「……魔法が使えるのに、魔族はなんで連戦連敗なの」

「ふふふ、それはよい質問だ」

「……？」

「種族として、人間よりも弱いからだ」

彼はサラッと答えた。

思わず、ぼくはその場にいた全員の表情を確認してしまった。メイド長は表情を変えていなかったが、向かいの二人と隣の部下一人は眉間《みけん》に皺を寄せて微妙な顔をしていた。

「まさかの答えだなあ」

「まあ、聞くがよい。まず個体数が違いすぎるのだ。一対一であればさすがに並の魔族が人間に負けることはない。だが三人同時に相手をすれば難しいだろう。まともに戦っても数で押し切られるわけだ」

「へえ……」

「あとは我々があまりに人間を知らなさすぎるということがある。人間は敵だが、まず敵を知らなければ戦には勝てない。わからないものと戦っているから勝てない」

「フフ、『彼を知り己を知れば百戦殆《あや》うからず』とおっしゃっていましたよね」

「おお、そうだシルビア。よく覚えているな。さすがだ」

「ウフフフ」

この掛け合いでは、部下の表情は変わらない。まったく反応しないのは少し面白い。さすがにもう慣れてしまっているということで、スルーが定着しているのだろうか。

「あ、そうだ。勇者っているの？」

ふと思い出したので聞いてみた。魔王という言葉が出ていたときに、少し気になったことだ。

「ほう、知っているのか。まあ、そのような称号で呼ばれている人間はいるな。残念ながらあまりこの魔国の要人は重要視していないが、人間の中では高い能力を持ち、士気への影響を考えれば戦《いくさ》の帰趨《きすう》を握っていると言ってもよい。戦争には毎回出てきている」

「へー、やっぱりいるんだ。なんで重要視しないんだろうね」

「そのあたりは、頭の痛い話だな」

ルーカスがそう言って、穏やかに笑う。

「今のところ、私しかまともに人間のことを調べようとする者はいない。残念なことだ」

彼の視線は、ぼくのすぐ横にできているスペースから、窓の外へと向かっていた。

「もちろん魔王様は偉大で、魔族幹部も決して暗愚《あんぐ》な方々ではない。だが敵である人間の怖さをよく理解されているかといえば、もしかしたら、まだ不十分なのかもしれない」

心なしか、その笑顔は寂しそうにも見えた。

第6話　見破られた変装

王都は、正式名称をミッドガルドというらしい。

どこかで聞いたような名前だと思った。なんとなく魔国にふさわしくない響きである気がしたが、具体的にどうふさわしくないのかまでは思い出せなかった。

ルーカスの説明では、高い城壁に囲まれた城塞《じょうさい》都市になっているとのこと。もちろん王都は広いので、城塞の外側にも農地や居住地は広がっているが、万一戦《いくさ》になっても、王都の全住民が城壁の内側に入れるくらいの広さがあるそうだ。

なお、魔王城は高さが元の世界のメートル法に換算すると八百メートル以上あるようで、王都到着前にその姿は馬車から見えていた。

偉容としか言いようがない。

アラブ首長国連邦のドバイにある世界一の超高層ビル、ブルジュ・ハリファを実際に見たことがある人以外は誰もがビックリなのではないだろうか。

外の城壁に到着した。

ぼくの恰好は、どう見ても不審者《ふしんしゃ》だと思う。だが一緒にいるのは軍の参謀である。不審な外見だけで突っ込まれることはなく、門番には「お疲れさまです」と普通に挨拶された。

門のところでルーカスは何やら手続きがあるらしい。

「少し待っているように」

そう言われたので、書類を書いているルーカスと、それに付き添っているメイド長を、城門の少し内側に入ったところから眺める。彼の部下たちも、ぼくから露骨に離れたところで待機していた。

ここまでずっと心配していたが、門番の反応などを見ていると、どうやらぼくが人間であるとバレることはなさそうである。

少し安心した。

これで魔王に挨拶して、奴隷としてリンドビオル家に入ることを認めてもらい、あとはルーカスがきちんと周知させれば。堂々とまではいかないだろうが、街を歩いても大丈夫になるのではないか。

「あの、ヨロイさん」

ん？

呼びかけられたので、その高めの声がした方向を見た。

誰もいない、と思ったら下にいた。

小さい褐色《かっしょく》肌の女の子……というよりも、見かけは幼女に近い気が。

「ヨロイさん、魔族じゃないでしょ」

「――！」

いきなりバレた。

「……」

女の子はパッチリとした赤黒い目を光らせ、こちらを見つめている。

門を通ってきた風が、二人の狭い隙間を通り抜けた。彼女のショートカットの銀髪が揺れる。

むむむ。これは……どうすればいいのか。

魔王に会う前にバレて触れ回られてしまうと、順序が狂ってしまう。

やはり口止めしないとまずいだろう。少考の後にその結論に達し、しゃがんで目線を下げて、女の子に合わせた。

「たしかに、そのとおりなんだけど。ぼくはルーカスの、リンドビオル家の奴隷なんだ。だから、みんなに言いふらすのはやめてもらってもいいかな。騒ぎになると彼に迷惑がかかるんだ」

「ルーカスのどれいなの？　でも鎖につながれてない」

「え？　あー、これはちょっといろいろあってだね。つながれてないんだけど、ちゃんと奴隷だよ」

この褐色の女の子は、ルーカスのことは知っているようだ。

「そうなんだ。よくわからないけど、ヨロイさん悪いひとじゃないんだ？」

「一応そのつもりだけど。あはは」

ぼくがそう言って苦笑し、兜をかぶっているのに思わず頭を掻《か》く素振りをしてしまうと、彼女

も笑顔になった。その表情は子供らしくて無邪気で明るい。褐色の肌と相まって、降り注ぐ強い日差しとよくマッチしていた。

「ボク、悪いひとかもしれないと思ってた」

「まあ外見がこうだからね」

彼女は、しゃがみこんでいるぼくの頭の上に手を伸ばしてくる。兜を着けているのでわかりづらいが、どうも頭を撫《な》でられている模様である。

「ヨロイさん、疑ってごめんね」

「大丈夫だよ。気にしてないから」

「誰にも言わないから安心してね」

「ありがとう」

ふー、助かった。

「あ！　カルラ様！」

ルーカスの部下がこちらに来た。気づくの遅いよ……。

「おやおや、これはカルラ様ではありませんか。おひさしぶりです」

「あらカルラ様、おひさしぶりですわ」

ルーカスとメイド長もちょうど戻ってきて、挨拶をしている。

この褐色の女の子は、カルラという名前であるようだ。みんな様付けで呼んでいるということは、偉い人の令嬢なのだろうか？

その横顔を、あらためて見る。やはりまだ幼い印象だ。肌も乳幼児のようななめらかさであり、褐色なのに透明感すら漂っている。胸もあまり発達しているようには感じなかった。

安心したことをよいことにそんな観察をしていると、ルーカスがその女の子と話し始めた。

「またフラフラ外出されているのですか。怒られますぞ」

「おこられてもいいもん。外のほうが楽しいし」

「ははは。相変わらずですね。ここで何をされていたのです？」

女の子は、しゃがんだままのぼくの兜の角を、少し揺さぶって答えた。

「このヨロイさんと話してた」

「ヨロイさん？　ああ、マコトのことですか」

「ヨロイさんはマコトっていう名前なの？　変なの」

「う、変なのか……」

「珍しい名前だからな」

「フフ、わたくしは嫌いではありませんわ、その名前」

ルーカスとメイド長がそう言って笑っていると、「あ！　いた！」という声とともに、数人の男が寄ってきた。

「カルラ様、勝手に護衛なしで外出されては困ります……あ、リンドビオル卿。戻られていらっしゃったのですね。お疲れさまでございます」

どうやら、連れ戻しに来た護衛さんのようだ。一人が彼女の片腕を摑《つか》み、「さあ帰りますよ」と言った。

「じゃあボクいくね。みんなまたね」

「お気をつけて、カルラ様」

「マコトもまたね」

「はい。お気をつけて」

みんなに様付けされているようなので、ぼくも丁寧な言葉遣いに変更しておいた。

女の子は笑顔で手を振って、走り去っていく。

「あのさ、ルーカス」

「ん？」

「ぼくが魔族じゃないって、あの子に速攻でバレたんだけど……」

「なるほど。カルラ様は変なところで勘《かん》が鋭くてな。バレてもおかしくはないな」

「もーびっくりしたよ」

「ふははは」

一歩間違えば、危険な事態になっていた。バレた相手が性格の良さそうな子でよかったなあと思いながら、先ほどの女の子の姿をもう一度思い浮かべた。

「ずいぶん幼い感じだったけど。あの子、何歳なんだろう」

「たしか十二歳になったばかりだったと思うが」

「そうなんだ？　もっと下かと思った」

「ふふふ、そうだな。たしかに下に見える」

十二歳になったばかりで、見かけが幼女。第二次性徴の開始時期や進む速度に個人差はあるが、ぼくの感覚では彼女の場合、少し遅いような気がした。

彼も同じ認識なのであれば、やはり魔族と人間とではさほど成長速度に差がないということだろう。何気ない会話の中にも、今後役立ちそうな情報は入っている。聞き流さないよう気をつけよう。

「ところで」

「ん？」

「みんなあの子に様付けしていたようだけど。偉いところの令嬢なの？」

「ああ、カルラ様は魔王様の子だ」

なるほど……魔王の子ね。

……。

………え？

＊　＊　＊

無事に王都に到着したということで、ルーカスは隊を解散させた。

メイド長は先に王都内にあるルーカス邸へ行くとのこと。そして他の人たちは実はルーカス直属の部下ではなく、軍から借りていた兵士だったらしい。彼らは兵舎のほうに戻るようだ。

ぼくとルーカスの二人だけが残った。

「はぁ……」

「そうため息をつくな。おそらく問題はない」

「ならいいけど……」

魔王の娘だとは知らず、最初ため口《ぐち》で話してしまっていた。いきなり大悪手《あくしゅ》ではないか。

「ふふふ。落ち込んでも、よいことはないぞ」

王都見学の前に謁見の手続きを先にしたいということで、まず魔王城へ向かうことになった。

今度は幌《ほろ》のない、小さな二人用馬車に乗った。

魔王城まで延びているという大きな通りには、大小さまざまな店や施設が連なっていた。建物は日に焼けてくすんだ赤色のレンガ造りや、灰白色の石造りのものが多い。色彩的には意外に地味だ。

しかし、それよりも気になったのは——。

「王都なのに人が少ないね」

ルーカスの別荘があったレンドルフ村に比べれば、さすがに景色がまったく異なる。だが、人はまばらであると表現してもよいレベルだ。大都市特有の喧騒《けんそう》があるわけでもなく、馬車のガタゴトという音が響いてしまっている。

「むむ？　お前の感覚では、これは少ないのか？」

ぼくの素直な感想に、ルーカスが不思議そうに突っ込んできた。

「うん。ぼくはここに来る前の世界で一番大きな街にいたんだけど……。うーん、ここの何十倍は人が通っていたような」

「何十倍？　これの何十倍となると、祭りのような景色になる気がするが」

「あー、そんな感じだったかも。ボーッと突っ立てると、すぐぶつかられたよ」

「ほう……」

彼は視線をやや上に向けて右手を顎《あご》に持っていき、少しの間考えるようなしぐさを見せた。その景色を想像していたのかもしれない。

そしてまた、ぼくのほうに質問をしてくる。

「他にお前から見て、何かこの王都に違和感を覚えることはあるか？」

「うーん、そうだね。あ、そうだ。魔王城だけ景色から妙に浮いてない？　あれだけ凄い立派で、未来から持ってきた建物みたいだ」

これも素直に思ったことを言っただけだったが、ルーカスは一瞬少し驚いたように口をすぼめた。

「ほう、なるほど……。まあ、そうかもしれないな。ふふふ」

馬車の前方、街の景色の後ろにそびえ立っている魔王城を見上げ、笑うルーカス。

別世界にいた人間に褒《ほ》められるのは、嬉しいものなのだろうか？


魔王城の正門に到着した。

近くから見る魔王城は……あらためて高すぎだと思った。

そしてこれだけの大きさがあるのに、上層まで外観で手抜きが見られない。

白っぽい色を基調とした石の外壁は、きれいに磨かれたパネルのようになっていた。ゴツさはなく、スタイリッシュでさえある。装飾はアール・デコ建築を思わせる直線的な幾何学模様の組み合わせをベースとし、ところどころに動物の頭部や羽などをモチーフにした曲線的なパーツがアクセントとして使われていた。また、反射で輝いている部分があるのは……ガラスが貼られているのだろうか。

これはもう、元の世界の基準でもファンタジー風《ふう》の現代建築、または未来建築と言っても良いかもしれない。いったいどうやって造ったのか疑問に思ってしまうほど、見事だった。

その偉容のせいだろうか？　上を見ていたら、めまいがしてきた。

ルーカスが守衛と思われる一人に声をかける。その魔族は「秘書に確認してきます」と答え、奥に入っていった。

「秘書？」

「予定などを管理する人物だ」

「いや、それは知ってるけど」

「ふふふ。それくらい多忙の身なのだ。魔王様は」

しばらくして、守衛が帰ってきた。

「暇を持て余しているそうで、すぐに面会可能だそうですが、いかがいたしましょうか？」

「ふむ……そうか。ではお言葉に甘えさせていただこうかな。マコトよ、王都の見学はあと回しにしよう」

「……」

第7話　魔王をモミモミ

魔王城の一階に入る。

あくまでも自分の感覚ではあるが、外観とはやや異なり、ファンタジー的な魔王城らしさがあると思った。見るからに重厚な扉、柱、壁。そしてそれらに施されているダークトーンの装飾は、武骨な印象をいっそう際立たせている。

すぐに係の人がやってきて、奥へと案内された。突き当たりにある重そうな石の扉。その右に付いているスイッチのようなものに、係の人が手をかざす。

扉が開いた。

その奥はエレベーターのような小部屋であり、入るよう促された。窓はないが、内部はランプの灯《あか》りで明るい。

「これは魔力で動く昇降機だ。これで魔王様のいらっしゃる最上階の二百階まで行く」

八百メートルほどの超高層魔王城。最上階が二百階ということは、一階あたり約四メートル。最上階はまた別だろうが、他の各階は元の世界のビルと同じくらいの天井高なのかもしれない。

扉が閉まると、少し加速がかかるのを感じた。スピードはかなりゆっくりのようだが、エレベーターの乗り心地に近い。

「魔法って便利だね」

「ほう。便利……か。さて、それがよいことなのかどうか」

「いいことなんじゃないの？」

「お前のいた世界は、魔法がなくてもきちんと社会は機能していたのだろう？」

「そりゃまあ、そうさ」

「この大陸でもそうだ。人間は魔法などなくても立派に生活し、発展している」

「……」

「魔法ですべてがなんとかなる——そんな社会に発展の余地などあるのだろうか」

ルーカスがぼくから視線を外し、遠くを見るような目をしている。

まだ出会ってからそんなに日数が経っているわけではないが、彼がぼやくときは魔族を憂《うれ》い、人間を称賛する内容が多い。人間が好きなわけではないと言っていたのに。

そのうち、「早く人間になりたい」などと言いだすかもしれない。

＊　＊　＊

魔王城の二百階は通路に装飾がまったくなく、駐車場のような驚きのショボさだった。

建てられたのは魔国建国当初らしいので大昔だが、途中で予算がなくなって美術屋が雇えなくなったらしいと、ルーカスが言っていた。

魔王は、謁見の間にある玉座に座っていた。

……!?

まったく予期していなかったその容姿に、ぼくは思わず声を上げてしまうところだった。

赤みがかかった髪は長く、束ねず流されていた。組まれている足はニーソックスで覆われており、スラリと伸びている。肘《ひじ》掛けにのせられている前腕にも、まったくゴツさがない。そして胸元が開いた服で強調されているのは、豊かなバスト。

魔王は、女性だったのだ。

しかも……若い。その美麗でみずみずしい顔は、娘がいるような年齢とは到底思えなかった。

魔族は平均寿命が人間と少し違うのか、それとも昔の日本のように養子縁組が流行っており、カルラと呼ばれていた女の子は実子ではないのか。これからやるであろう仕事上、そのあたりはぼくも知っておいたほうがよい気がする。今度ルーカスに確認しておこう。

しかし……。

立派な黒いマントや一対の角が付いている髪飾りを着用していることもあり、威厳こそ放たれているが……これは本当に予想外だった。

そう思いながら、ぼくは赤い絨毯の上で隣のルーカスの真似をしてひざまずいた。

「リンドビオル卿よ。たしか先の負け戦の罰として、来月まで出勤停止だったはずだが？」

魔王が話し始めた。ルーカスがあの村にいたのは、実は出勤停止処分になっていたためのようである。なにが長期休暇だ。

「少々急を要するご報告がありまして。申し訳ございません」

「あっそ。ま、暇だったしいいや。出勤停止は解除ね」

「ありがとうございます」

妙にくだけた口調の魔王。またも意外に思ったが、それ自体はぼくにとって歓迎だ。ぼくの存在自体がイレギュラーであるため、国のトップがあまりカチコチでないほうが好ましいだろう。

「いつも思うんだが、謁見の間も執務室もなんで二百階なんだ？　一階じゃないとめんどくさがって誰も会いに来ないだろ。おかげで暇なんだよ、こっちは」

「しかし、魔王城は最後の砦《とりで》となりますゆえ、攻め込まれたときのことを考慮すれば悪くはありますまい」

「魔王城まで人間が攻め込んできている時点で、もう負けは確定だろうが」

「……おっしゃるとおりで」

「で、隣のヨロイは誰なんだよ」

魔王はフルアーマーのぼくのほうに視線を移し、やや気だるそうにそう言った。

「はい。これが今回のご報告です。先日、レンドルフ村の西にある砂漠で人間を一人発見いたしまして」

「なんと、人間がそんなところにいたのか」

「はい、この大陸の人間ではなく、異世界の者のようです」

「ほう……異世界とな」

「その者を捕らえまして、我が家の奴隷といたしました。ここにいるのが、その者です」

魔王はそのきれいなラインの顎を、少しいじった。

「お前は相変わらず変な奴だな……まあ、お前のオヤジには世話になったしな。個人が入れた奴隷なら別にわたしが口を出すことでもない。構わんよ」

「ありがとうございます」

許可はあっさりと出たが——。

「おい、ヨロイ」

「はい」

「人間ということなんでな。一発殴《なぐ》らせろ」

魔王は座ったまま、右手のひらを天井に向ける。その手のひらの上……空中に、何やら塊《かたまり》ができ始めた。

氷……。魔法か！

それはどんどん大きくなっていき、同時に整形されて横倒しの氷柱形となった。謁見の間の窓から差し込む光を反射し、怪しく光る。

え、これヤバいんじゃないの？

ルーカスのほうにヘルプを求める視線を送る。彼はぼくの視線に気づいたのか、こちらを見て軽くうなずく。

「ヨロイがあるので大丈夫だとは思うが……歯は食いしばっておけ」

助けてはくれないようだ。

魔王の手が、ヒョイと動く。

その直後、ぼくは氷柱に吹き飛ばされた。

「ぐあぁぁっ！」

たしかにこのヨロイ、かなりの衝撃を吸収してくれた感じはある。だがすぐには立ち上がれなかった。

「ぐ……」

起き上がろうとしたが、失敗してまた崩れた。肋骨《ろっこつ》、ヒビが入った気がする……。

「おいマコト、大丈夫か」

「いや……あまり…………ごほっ」

「少し待っているがよい。治癒魔法をかける」

ルーカスがヨロイの隙間に手を入れる。

アッー……と言っている余裕はない。

お。胸の痛みが消えた。

これが……治癒魔法か。

……。

これ、どうなんだ？

たしかに、「ああ、修復されているな」というのは感じる。が、癒やされているという感覚はない。

なんなのだろう。この得体の知れぬ禍々《まがまが》しさは。

「マコト、立てるか？」

「うん。大丈夫。ありがとう」

起き上がって玉座を見ると、魔王が冷笑していた。

ぼくとルーカスは片膝を立てて座り、ふたたび謁見の姿勢に戻る。

「あの。魔王様、もう一つお願いがありまして」

「なんだ？」

「この奴隷ですが、異世界でマッサージ師という特殊な職業についておりました。その技術は体を治癒させるものでありますが、治癒魔法の欠点をうまくカバーでき、現在の魔族にとって極めて有用と考えます。つきましては、奴隷の身分のまま王都で開業をいたしたく……」

魔王の表情は、大して興味もないという感じだ。

「ふーん。よくわからないけど、まあ別にいいんじゃないか。勝手にしろと思うが」

「ありがとうございます」

「で。ここに連れてきたってことは、わたしにも実演するということでいいのか？」

……。

そんな話は聞いていないが、この流れはやらざるを得ないだろう。

秘書と称する初老の女性とルーカスが、慌ただしく敷物などの準備に入った。

＊　＊　＊

「じゃあ、ヨロイを着けていると施術しづらいので脱ぎますね」

ルーカスに手伝ってもらって、ヨロイを脱いだ。やはり軽装はよい。

「なんだお前、ガキじゃないか」

「魔王様、見かけはこうですが、技術は間違いないと思います」

「ふん。マスコットかと思ったぞ。もっと達人《たつじん》臭いジジイを想像してた」

「……」

こちらこそ、魔王はもっとゴツくて雄々しい姿を想像していましたが？　というのは口にしないでおく。

「名前は？」

「マコトです」

「ふーん」

なんだ？　「ふーん」って。


さて、準備はすべて整った。

「じゃあ、こちらまでお願いします。あ、体を触りますのでマントは外してくださいね」

「触らないとできないのか？　あまり人間に触られたくはないが……仕方ないな」

魔王は立ち上がってマントを外すと、こちらに向かって歩いてきた。玉座の前には少し段差がある。下りるときに、大きな胸がプルンと弾むように揺れた。


すでに、なんとなくは摑めている。この魔王はさっき話していたとき、ずっと右足を上に組んでいたままだった。そして左肘を肘掛けに置き、頬杖をついていた。座り方も浅い。これでは体が歪むはずだし、腰、背中、肩、すべてこるだろう。痛みが出る可能性もある。

長引くとキレられそうなので、魔王の体を素早く検査することにする。

「最初に歪みを確認します」

まずは魔王を立たせたまま、頸椎《けいつい》から下方向に背骨をなぞってみる。やはり、わずかに左に凸となるように曲がっていた。オーバーに言えばＣの字形である。

さらに骨盤も包むように触って確認する。これも予想どおり、右骨盤が上がってしまっていた。

「次は筋肉のつき方を確認します」

「いちいち言わんでいい」

「あ、はい」

脊柱起立筋《せきちゅうきりつきん》をはじめとした背中の筋肉のつき方を、両手を滑らせるようにして確認する。

「……っ」

「え？」

「いや、なんでもない。続けろ」

魔王の体は華奢《きゃしゃ》ではあるが、肉感はしっかりある。手に伝わってくる感触は基本的には弾性に富んでおり、若い女性を感じさせるものだった。だが姿勢の影響か、右腰にある腰方形筋《ようほうけいきん》という筋肉の緊張がやや強く、左右差が大きくなっていた。そして肩と首も触ってみると、こりは結構ありそうである。

うつ伏せになってもらう。

まずは脊柱起立筋から施術していくことにした。脊柱起立筋は、背骨の両脇を縦に走る筋肉の総称である。骨のすぐキワの、第一線と呼ばれる縦ラインから指圧していく。

よっと。

「はぁっ」

「へ？」

「こら。何か言ってから始めんか」

「さっきいちいち言わなくてもいいって……」

「だまれ」

「あ、はい」

第一線より外側、第二線や第三線も指圧していく。

「はあぁっ」

背中のハリは結構あった。人の背骨は真横から見ると、頸椎が前に彎曲《わんきょく》、胸椎《きょうつい》が後ろに彎曲、腰《よう》椎《つい》が前に彎曲と、自然なS字カーブを描く。だが、魔王は座っている姿勢があまり良くない。そのカーブが慢性的に乱れており、負担がきやすいのだろう。

そして触診で気になっていた右腰にいく。ここは筋肉のこりが少し手強《てごわ》いと思うが、しっかりとほぐすことで左右差の解消にもつながりそうだ。

胸と尻の発達からそう見えるのかもしれないが、メイド長以上であろうと思われるくびれた腰に、手を置く。そのまま手根を使ってモミモミ、と。

「んあぁあっ」

……。

次はお尻の上のほうにある中臀筋《ちゅうでんきん》に移る。これは大臀筋《だいでんきん》よりも小さいが、骨盤の支えに深く関係する筋肉であるため重要である。

ぐいっ。

「んあぁあああっ――!」

続いて大臀筋。

「あぁあぁああああっ――――!!」

魔王うるせええええええ!!

第8話 リラクゼーションではなく、治療

妙に艶《つや》のある絶叫が、魔王城の二百階に響き続けている。

やかましすぎて施術に集中できなかった。

「魔王様、ちょっと声がエ……大きいので抑えていただけますと。こちらが集中できません」

「う……るさ……い」

魔王はうつ伏せのまま首を回し、やや赤みのある髪を乱しながらこちらを睨《にら》む。

「あの。布を噛《か》んでいただくというのはどうでしょうか?」

傍《そば》で施術を見ていた秘書と称する人から、変な助け舟が入る。魔王は最初、抵抗を示したが、ここにいる一同の微妙な表情を確認すると、空気を読んで受けいれた。

ふくらはぎを手で包み、押圧する。

「んぐぐ……んんん……ん――――!」

うん。まあ、ちょっとはマシ、かな。

しかし……揉んだり押したりするたびに、魔王の体は声とともに反《そ》る。ルーカスやメイド長も反応は激しかったが、魔王はさらに酷《ひど》い。かなり体に力が入りやすいタイプなのだろうか。

うつ伏せのまま歯を食いしばったり、体を反ったりすると、首や背中、腰がまた硬くなってしま

う。今せっかくゆるんできているので、それはもったいない。

ということで、肩と首の施術は横向きでおこなうことにする。

「では横向きになってください」

「んぐぐ……」

何と返事しているのかわからないが、こちらの言うとおりにはしてくれた。

頭上《ずじょう》方向から肩上部を押圧することにする。

横向きの施術で肩を施術するときは、上から下に押せない。そのため力が入りにくそうに見えるかもしれない。しかし、自分の骨盤や太ももの内側を、施術している腕の肘《ひじ》の後ろに当てると、体重や内転筋の力が使えるために比較的容易である。

「んん――――!」

首筋にうつる。

胸鎖乳突筋――首の左右側面にある二本の筋――の緊張が強い。この筋肉は首の側屈《そっくつ》や回旋《かいせん》などに働く。魔王の座っている姿勢を考えれば、こりがたまっているのはうなずける。

この筋肉の施術効果は大きい。ゆるむと頭部が一気に軽くなる。そして、この筋肉を刺激することで、迷走神経という副交感神経系の神経を同時に刺激することができるとされている。

副交感神経は体を休ませて回復させる神経である。そのため胸鎖乳突筋の施術でリラックス効果が期待でき、またこの神経は内臓の多くを支配しているので、それらを調整する効果があるとも言われているのだ。

頸動脈が近いのでグリグリ押し込まず、慎重に施術する。

「ふんんん――」

次は大胸筋《だいきょうきん》と、その奥にある小胸筋《しょうきょうきん》だ。魔王はそっくり返って座っている影響で、肩を前に出すことが多いだろうと予想する。ここもゆるめて胸を解放する必要がある。

誤って乳房を触らないよう、鎖骨のすぐ下から慎重に触り、ゆるめていく。

「ふんんんんっ――!!」

やっぱり結構うるさい。

＊　＊　＊

「はぁ……はぁ……」

「大丈夫ですか？　魔王様」

全身の施術が終わってフラフラしている魔王に、一応ぼくは声をかけた。

「……なんなんだ……これは」

「え？」

「おいマスコット」

「マコトです」

「マコトか。まあどちらでもいい。手を見せろ」

ルーカスのときも、同じことを言われたような気がする。

両手を差し出すと、魔王は左手でひったくるようにこちらの右手を摑み、ジロジロと見たり、右手の指で突いたりしてきた。そして、こちらの左手に対しても同じことを繰り返す。ぼくの手を包む魔王の手は、その態度とは裏腹にじんわり温かかった。

「リンドビオル卿」

「はい」

「手には特に仕掛けがないようだな」

「はい。私も調べましたが、何もありませんでした。不思議なものでございます」

「切って調べてみるか」

「いや、本当に何もないので勘弁してください……」

魔王は大きく伸びをしながら、深呼吸をした。

「ん？　呼吸が楽になってるぞ。気のせいじゃないな？」

「はい、気のせいじゃないと思います。座っている姿勢があまりよくないのか、背中のハリも強く、胸も詰まっているような感じがあったので。今は解放されて胸が膨らみやすくなっていると思います」

魔王は「ふん……小難《こむずか》しい説明は要らん」と言い捨て、今度は首や腰を回し始めた。

「ほう。首から腰にかけて重だるかったんだが、それがなくなって軽くなってる。羽が生えたみたいだ」

「その症状も、たぶん座っている姿勢のせいだと思います。今後は足を組まず、頬杖もあまりつかないようにしてください」

「お前は魔王であるわたしの態度にケチをつけるのか？」

睨みつけられた。怖い。

だがやはり、原因がハッキリしている以上、言うべきことは言っておいたほうがよいだろう。施術は単なるリラクゼーションのためにやっているわけではない。「気持ちがよい」だけで終わっては、治療にならないのだ。

「ぼくはケチをつけているわけじゃありません。こういうアドバイスもマッサージ治療のうちです」

「だまれ」

「あ、はい」

どうやらダメなようだ。

「体が重たくなったら、またお前を呼べばいいんだろ。奴隷のくせにいちいちうるさい」

え、また呼ばれるの――。

ふたたび救いを求めるようにルーカスのほうを見たが、見事に視線を外された。魔王相手だとイマイチ彼は頼りにならないようである。

施術も大切だが、生活指導も同じくらい大切だ。一時的に体が楽になっても、その原因が取り除かれないとすぐに元に戻ってしまうからである。なので、できればきちんと聞いてほしいと思ったのだが……。まあ、今回が無理でも繰り返し訴えていくしかないか。

「けどやっぱり不思議だな……。手に仕掛けがあるわけでもないし、人間だから魔法を使ったわけでもないんだろ？　どうなってるんだよ」

「ふふふ。魔王様、明日になるともっと体が楽になっていますよ」

「ほう……そうなのかリンドビオル卿。それは楽しみだな」

ルーカスが余計なことを言う。この魔王は少し面倒くさそうなので、無駄にハードルを上げないでほしい。

「じゃあ、今日はもう寝る。またな」

まだ昼間です。

第9話 見えない力

魔王は寝た。

そして、ぼくはめでたくリンドビオル家の奴隷として魔王の承認を得た。

「ええと、もうヨロイは外したままでいいのかな？」

「まだ周知されていないので危険だ。触れ書きは急いでするつもりだが、しばらくは私の顔を描いた特製シャツを着てもらおうと考えている。それができるまではヨロイのままがよいだろう」

ということで、またルーカスに手伝ってもらってヨロイを装着した。特製シャツは極めて嫌な予感がするが、今は考えないことにする。

来るときに使った昇降機に乗り、ゆっくりと魔王城を下ってゆく。

「そういえばさ、魔王様がさっき敗戦云々と言ってたけど。前回の戦《いくさ》のことって聞いてもいいの？」

「ふふふ。よい質問だな、マコトよ。先の戦では、私の考案した戦法が初めて採用された記念すべき戦いだったのだ」

「へー」

「魔法は威力を強力にすると速射ができない。私はそこに目をつけた。塁《るい》を構え、柵《さく》を植え、その後ろに兵を三列に配置し、交代交代で三段撃ちをする戦法を考えたのだ」

長篠《ながしの》の戦いにおける織田・徳川軍の鉄砲三段撃ちを思わせる戦術だ。魔法の射程距離がどれくらいかは知らないが、人間が魔法を使えない以上は有効である気はする。うまくハマれば、人間側が初見で対策するのは難しそうだ。

「よさそうな戦い方だね」

「そのとおりだ。魔国史上初めておこなわれた画期的な戦法として、歴史に残るだろう。運悪く敵が前からでなく後ろから登場してしまい結果は出なかったが、今後も十分に使える戦法であると高い評価を得ている」

……。

ルーカス人間語録に、「生兵法《なまびょうほう》は大怪我のもと」を加えてもらうことにしよう。


一階に着いたようだ。

扉が開いたのでルーカスを先に通し、あとから外に出る。

……あれ？

昇降機の前には、城壁の門のところで見た褐色の銀髪幼女が。

「カルラ様、お帰りなさいませ」

「ルーカスただいま」

ルーカスがしゃがんで、丁寧に挨拶をする。ぼくも慌ててそれに倣《なら》った。

「お帰りなさいませ」

「あー、マコトだ」

「覚えてくださってありがとうございます。今帰ったんですか？」

「うん。あれからいったん帰ってまたこっそり出かけたんだけど、また見つかって連れ戻されたんだ」

「放浪癖でもあるんですか……」

カルラはこちらに寄ってきて、兜の角を持って揺さぶってきた。

「ねーマコト。顔見せて」

「あー、これ取るのはちょっとまずいというか……。あ、そうそう。兜の中の人はいないんです。〝これが私の顔なんです〟」

「うそつき。やっぱり悪いひとだー」

「いやいや、ぼく悪いヨロイじゃないよ」

「ふふふ、マコトよ。ここならよいのではないか？」

ルーカスは立ち上がり、上からスポッと兜を外した。

「あらま。大丈夫なのかな」

「まあ、私もいることだしな。外ではまだ危険だ。特製シャツの完成を楽しみに待つがよい」

不吉なことを言うルーカス。一方、カルラは兜が脱げて露わになったぼくの顔を、至近距離でジッと見つめてきた。元々大きな目を、さらに大きくして。

「にんげん……」

そう彼女はつぶやくと、ゆっくりと手を伸ばしてきた。行き先はぼくの頭。髪をワシャワシャと掻き回してくる。

「わかるんですね。そうです。ぼくは人間です」

「ふーん」

興味深そうな声のトーン。

今度は手を下ろし、顔をペタペタ触ってくる。まだ十二歳。その手は小さくプニプニとしており、触られた感じが猫の肉球のようだった。そして最後に、ほっぺを両手で横に引っ張られる。

「痛いです」

「……かわいい」

十二歳が二十一歳に向かってかわいい……だと……?


「カルラ様はまだ小さい。人間にもそんなに嫌悪感がないのかもしれない」

カルラが昇降機で上がっていくのを見送ってから、ルーカスがそう言った。

「そうみたいだね」

「……これから植えつけられることになるのかもしれないがな」

そのあたりは三十年も戦争をしている以上、仕方がないと思う。

「あ、カルラ様といえば。魔王様はずいぶん若く見えたんだけど、カルラ様は実子じゃないってこと？」

「ふふ、勘《かん》がよいな。『魔王』である者は基本的に実子を持たない習《なら》わしがある。仮に実子ができてしまったとしても、よその名家に養子に出し、手元には残さない」

「へー」

「その代わり、いろいろな名家から養子を取り、小さい頃から魔王様の傍で帝王学を学ばせるのだ。そして、その中で最も才能を認められた者が魔王となる。まあ、つまりは『魔王を血で選ぶことはしない』ということだ」

「実力主義というわけだね」

「そうだな。実力主義と言ってよいと思う。養子として入った順番も、魔王位継承の上では特に関係はない」

あの魔王も、実力はあるということか。

魔王としての才能……それが何かはイマイチわからないが。容姿とかそれ系のくだらないものでないことを心から祈る。

「なるほどね。よくわかったよ」

「ふふふ。つまりカルラ様は幼女の養女――」

「ハイハイすっごい面白いです」

「むむむ。人間はこのような冗談を好むはずだが」

「ま、嫌いってわけじゃないけど。ルーカスは好きなの？」

「私は、好きというよりも、人間が『笑い』を大切にしていることに注目していた」

「また人間研究の一環ってやつだね」

「ああ。人間では笑い専門の職業がある。だが魔族にはない。この差に注目するのは研究家として当然だ。笑いには、見えない素晴らしい力があると考えている」

たしかに、笑いは生きる力になると聞いたことがある。

たとえがよいのかどうかはわからないが、テレビのお笑い番組で笑っているうちは死にたいなんて思わないだろう。見えない力がある——それは本当かもしれない。

マッサージもそのような一面はある。施術を受けて気持ちよいと思っている最中は死にたいなんて思わない。そして、ルーカスはそれを感じ取ってくれている節がある。ありがたいことだ。

そんなことを考えながら、魔王城をあとにした。

第10話 開業計画と物件下見

魔王城を出たぼくとルーカスは、王都中心部の重要な施設や通りを徒歩で一巡した。もちろん、治療院として使えそうな物件の下見も兼ねてである。

「一人で開業できそうな小さな物件は、意外と少なそうだね」

この国では現在ぼくしか技術者がいない。人間と戦っている国で人間がいきなり開業するという事情も踏まえ、最初は小さく始め、軌道に乗ったら大きなところに移転していくことがよいのかなと考えていた。

だが、ルーカスは意外なことを言いだした。

「いや、スペースが余ろうが最初から大きいところでやってくれ」

「……え？　なんで？」

不思議に思っているぼくに対し、彼は説明をしてくれた。

もともと彼がマッサージ技術を魔国に取り入れたいと考えたのには、負けが込んでいる魔族の心身を潤したいという理由がある。「とにかく時間の猶予がない」ということらしい。

失敗するリスクは覚悟の上で大きな物件を取り、早い段階で弟子を入れ、どんどん施術できる人数を増やしていこう――そのような方針となった。


現状で空《あ》いているところを探すことになるため、開業地の選択に自由度がさほどあるわけではない。

しかし運がよかったのか、王都中心部の各施設にも近く、ルーカス邸にもそこそこ近い、そして十分な広さがありそうな物件を一つ見つけることができた。

「ここはどうだ？　マコトよ」

目の前の一階建ての大きな物件を見つめながら、ルーカスがそう言う。

その建物は灰白色の石造りだったが、縦長の窓の枠がほのかな紋様によって装飾されており、おしゃれな印象を受ける外観だった。

近づいて窓から中を覗くと、中は仕切りのない広々とした空間。普通に置けば施術用ベッドが二十台くらいは入れられそうだ。やはり自分としては少し広すぎる印象だが、資金を出しオーナーとなるルーカスの方針であればもちろん否《いな》やはない。

「うん。よさそうに思うよ」

わかりやすく満足そうな顔をしているルーカスに、是《ぜ》の回答をした。

この国には不動産屋というものが存在しないようで、向かった先は物件所有者の家だった。

その人物は髪を真っ白にした老年の男性だったが、ルーカスを「リンドビオル卿のご子息」と呼んだ。その敬意に満ちた態度から、ルーカスの父親はさぞ立派な軍人だったのではないかと想像した。

「なるほど。新しいことを始めなさるのですか」

「ふふふ、そのとおりです。魔国のため、魔王様のため……。魔王様にも承認を得ております」

「さようですか。それでは喜んでお貸しいたします」

ルーカスおよび魔王公認のパワーを使って、仮押さえをした。後日、お金を持っていき本契約となる。

この日は疲労も考え、ルーカスの自宅に帰って休むことになった。

帰り際に、老人が「ご子息、魔王様を頼みましたぞ」と深々と頭を下げたことが印象的だった。

＊　＊　＊

「な、何これ……」

たどり着いたルーカス邸は、明らかに周囲から浮いていた。

まず木造という点である。このあたりの気候は乾燥気味だ。森が多くないせいか、周囲の建物の建材はすべて石が使われている。王都見学時に外縁部や城壁外区域もチラッと見ているが、木造などまったく見かけなかった。

建物の大きさもおかしい。レンドルフ村にあった別荘に比べ圧倒的に小さく、周囲の建物と比較しても、遠近感がおかしくなりそうなくらいだった。

そして屋根も瓦葺《かわらぶ》き。

まるで一軒だけ、日光江戸村か東映太秦《うずまさ》映画村から移設したかのようだ。

傾きつつある日の光を浴びた和風建築。優しさがいっそう際立っており、味があるといえばそのとおりなのだが……、意味不明である。

「これが私の家だ」

「いや、それはわかるんだけど。別荘とのバランスがおかしいでしょ」

「ふふふ。元は大きな館があったのだがな。いったん取り壊し、カムナビ国という大陸北東にある人間の国風の家にしてみたのだ。大きさよりも『侘《わ》び』『寂《さび》』なるものを重視している」

「……」

この世界でも、ぼくがいた日本のような文化を持つ国があるのだ。もちろん、だからといってルーカスがその建築をここで再現する理由にはならないが。

中も外観を裏切らないものだった。キッチンを除けば全部和室になっていた。

「畳だ……」

「ほう、畳を知っているのか、さすがだな」

「ぼくの世界でも使われていたからね」

現在、この家はルーカスとメイド長の二人だけで住んでいるらしい。

なぜ一人なのに〝長〟なのかと聞いたら、非常勤のメイドをしばしば雇うからとのこと。庭もカムナビ国風にしたおかげで、植栽の手入れ、草取り、落ち葉の片付けなど、とにかく手がかかるそうだ。

「素晴らしい庭だ。季節ごとの表情を存分に楽しめる。日々の地道な管理の努力をもって、よいものを手に入れる——なんとも人間らしい発想と思わないか？」

ルーカスはそう言うのだが、当の人間であるはずのぼくは、日本風の庭に対してそんな考察などしたこともなかったりする。

＊＊＊

今日はもう、すべての用事が済んだ。あとは寝るだけだ。

ぼくは、真ん中にちゃぶ台が置いてある四畳半の部屋を与えられている。この待遇、どのあたりが奴隷なのか疑問だが、こちらとしてはありがたい。


さて、と。

手帳を開く。ランプの灯りは少し暗いが、読み書きに問題はない。

ここまでルーカス、メイド長、魔王と、三人の魔族を施術したことになる。気づいたことを忘れないようにまとめておこう。

一つは、足の小指だ。ルーカスを施術したときに少し気になっていたので、他の二人のときもチェックはしていたが、やはり関節が一個足りなかった。だが日本でも足りない人はいる。三人だけではまだなんとも言えないので、今後もチェックしていくこととする。

二つ目は、施術中にうるさすぎることである。放送事故級にうるさい。これまた三人だけでは統計上意味はないかもしれないが、「マッサージ中うるさい」とメモしておく。

書かないといけないのは、これくらいかな……。

あ、一つ忘れていた。

魔族の寿命について、結局確認していなかった。これは、忘れていなければ明日にでも聞いてみることとする。

明日から早速《さっそく》、開業準備だ。睡眠はしっかりとっておかなければ。

ぼくはちゃぶ台の横に布団を敷くと、灯りを消して横になった。


畳の匂い、よく干された布団の匂いがする。

自分はだいたいどこでもすぐに寝られる。レンドルフ村のルーカスの別荘でもコロッと寝られた。

だが、今日だけは少し目が冴《さ》えているような気がした。自分ではそのつもりはないが、気分が少し高揚しているのかもしれない。国のトップである魔王が治療院の開業を許可してくれた。これはかなり大きなことだ。

しかしその魔王……意外だったな、とあらためて思う。

若くきれいな女性だったこと。その容姿に反して中身がやたらツンツンしていたこと。予想外に次ぐ予想外だった。娘のカルラは、容姿も中身も素直そうなかわいこちゃんに見えたのだが。

……。

思い出していたら、治っているはずの肋骨が痛く感じてきた。

あまり眠くないけれども、無理やりにでも寝よう。

＊　＊　＊

……んん。

視界はやや白っぽく、ぼんやりしている。

これは夢だろうか？

魔王城二百階、謁見の間。

ぼくは謁見しているようだ。

玉座に座っている魔王。

左右の手が上がっており、右手からは氷柱、左手からは火球《かきゅう》を出した。

こちらに向けられている冷笑。

ぼくはどうしてか、ヨロイを着ていないようだ。

ああ、これはまずい……。

ヒョイと魔王の左右の手が同時に動かされる。

氷柱と火球が一直線に飛んできた。

逃げないといけないのに、体が反応しない。なぜ。

ダメだ、死ぬ――。


「うああっ！」

……あ、やっぱり夢だった。

「ふう、魔王怖い怖いっと」

「誰が怖いって？」

「うあああああっ」

なぜか、ちゃぶ台のところに魔王が座っていた。

反射的に部屋の隅に跳んで、避難してしまう。

「なああんんでいるのおおっ」

「いて悪いのかよ。ここはわたしの国だぞ？」

隅に避難しても四畳半なので距離が取れていない。六畳間がよかった。

「マコトおはよー」

カルラもいる。どうなっているのか……。

「ほら、朝なんだから挨拶しろ」

「……お、おはようございます」

呼吸を整えて挨拶し、ちゃぶ台を前にして正座した。ルーカスも魔王が来ているのなら起こしてくれればいいのに……と内心で抗議しながら。

「おかあさまが朝の散歩をしようって言いだして。それでここによったんだよ」

「へー、そうなんですか。散歩はいつもしているので？」

「ううん。おかあさまはね、昨日マコトにまっさーじしてもらって今日すごい調子がいいから散歩に――」

「お前は余計なこと言わんでいい！」

カルラが魔王に口を塞《ふさ》がれてモゴモゴしている。

「マコト。この物件の資料だが、場所は悪くないな」

「あ、そうですか？　ありがとうございます」

そういえば、ちゃぶ台の上に物件資料が置きっぱなしだった。

「おそらく、そこでやることになると思います」

「そうか、これなら魔王城にも近いし、呼びつけたらすぐに来られるな」

むぅ。やはりまた呼ばれるのか。

まあそれはおいておくとして、魔王がマッサージの効果を認めてくれている雰囲気はある。これは開業するにあたり大きなプラス材料となるだろう。

「さて、わたしはここまで歩いてきたんでな。足が少しだるくなった」

「それは朝から大変でしたね」

「足がだるくなった」

「お疲れさまです」

「だるくなった」

「はい」

「殺すぞ」

「申し訳ございません。ぜひやらせてください」

魔王が左右の手を上げようとしたので、夢が正夢《まさゆめ》になるのを防ぐために施術することにした。

「やってほしいならやってほしいって言いましょうよ……」

「だまれ。やるならさっさとやれ」

「あ、はい」

「おかあさまはね、あんまり素直じゃ――」

「カルラもさっきからうるさいぞ。だまれ」

魔王は一通りキレると、ぼくが寝ていた布団にうつ伏せになった。

というか、魔王城からここまではそんなに遠くないと思うのだが。

まあ仕方ない。やらせてもらおう。

第11話　開業準備

うつ伏せで寝ている魔王の足元で、跪坐《きざ》の姿勢を取った。

足がだるいということなので、まずは状態を確認することにした。ニーソックスに手をかけ、ゆっくりと脱がしていく。

露わになった白い下肢《かし》はスラリと伸びていた。膝の内反《ないはん》などもなく、きれいな形だ。

足首をそっと摑み上げ、足の甲の部分をぼくの太ももの上にのせた。そして、ふくらはぎの中央部あたりを両手で包む。

「んんっ」

むう、またうるさそうだなあ。

包んだ両手の親指と拇指球《ぼしきゅう》で、ふくらはぎを形成している下腿三頭筋《かたいさんとうきん》を確認。そして同時に中指と薬指で前脛骨筋《ぜんけいこつきん》――向こうズネ、いわゆる弁慶の泣きどころの横にある筋肉――を確認する。

それが終わったら、続いて足の裏や甲、踵も、視診と触診で確認していった。

「あの、外出用の靴……ゆるかったりしますか？」

「なんでそこまでわかるんだよ」

うつ伏せのまま、首を回して睨んでくる。

大して歩いていないはずなのに、足のだるさを訴えていたこと。今おこなった検査で下肢を触ったら、ふくらはぎとスネの両方で筋肉のハリがあったこと。そして足指の関節の背や踵が擦《こす》れており、少し赤くなっていたこと。

ぼくはそのような情報から、歩き方に問題がないのだとすれば、靴がフィットしていない可能性もあるのではないかと思った。

だがそれを魔王に伝えると、開き直ってきた。

「フン。キツキツの靴は嫌なんだよ。足は少しでも自由なほうが楽だろ」

「……そう勘違いしてゆるゆるの靴を履いてしまうのは典型的な失敗例です。適切な大きさのものを履いてください」

「この前も思ったんだが、なんで奴隷のお前が命令してくるんだ？　わたしは魔王だぞ」

「それも治療だからです」

「うるさい。さっさとマッサージとやらでなんとかしろ」

逆ギレされた。仕方ないので施術に移ることにする。

まずはスネから施術しようと、ぼくは魔王に仰向けになるよう促した。

「……」

「……」

仰向けになると目が合う。

なんとなく気まずいので、まだ少女の面影を残すその顔に、そっと布をかぶせる。

肘《ひじ》で攻撃された。なんでだ。

仰向けで寝て脱力すると、足はだいたいの人が外に開き、頭上方向から見ると逆ハの字に見える。

そのままだとスネの前脛骨筋も外側にいってしまい、やりづらいので、自分の膝を魔王の足の外側に当てて少し起こす。そうすると、真上から押すだけで前脛骨筋に当たる。

ちなみに魔王の足は、左が四十五度くらいの開きだが、右はもう少し開いていてやや左右差がある。足を組むことが多いのでその影響かもしれない。姿勢を直してほしいものである。

さてと……。

ん？

やろうと思ったら、横からカルラがかなり真剣な顔で見ていた。

「マコト、やるの見てていい？」

興味があるのだろうか。

こちらは見られていても問題はないので「かまいませんよ」とオーケーした。

前脛骨筋を指圧してゆるめていく。

「ああっ」

特にこの筋肉の上にある足三里《あしさんり》——膝の皿の下から指四本分下にあるツボ——は、足の疲れに効果的だ。よく刺激する。

「んあああ——！」

やっぱりうるさい……。

「お、マコト起きたか。おはよう」

どうやら魔王の絶叫を聞きつけたようで、ルーカスが登場。

魔王が来てたのなら起こしてよ——と非難の目で見る。

あ、ルーカス逃げた。

前脛骨筋は割と長い筋肉で、足首をまたぎ、足裏の土踏まずのところまで伸びて停止している。筋肉をゆるめるときは起始《きし》から停止までやったほうが効果的であるため、足裏も押圧《おうあつ》することにする。ここは少し強めにやっても大丈夫かもしれない。

「魔王様。声をちょっと落としてもらえると助かります」

「はぁ……はぁ……わかって……いる」

わかっているらしいので、土踏まずを遠慮なく指圧。

「んあああああ――――!!」

わかってねええええええ!

＊　＊　＊

魔王は、別の部屋で控えていた護衛たちと一緒に帰った。

無事に追い出し成功……なのだが、カルラがここに残ることになった。これは本人の希望である。

「準備手つだうー」

そう言いだしたのだ。

いや、ダメじゃないか? と思ったが、魔王からは「勝手にしろ」ということで、今はぼくが使っている部屋で一緒にいる。連れてきていた護衛も、二人だけカルラのために残ることになった。

「マコトー。今日はどうするつもりなの?」

施術見学から今に至るまでの思わぬ食いつきぶりに、若干の戸惑いは感じる。だが、差し込んでいる朝日を受けキラキラと輝く大きな赤黒い瞳に、高純度の笑顔。それを見る限りでは、きっと好奇心旺盛な年頃なのだろう。

「はい。今日は午前中に内装と備品をどうするのか計画を固めまして、午後はルーカスたちと一緒に物件の契約と、物件内外の再確認。あと、時間が余れば備品購入の相談をしに行こうかなと思っています」

予定を説明すると、彼女は子供らしいまんじゅうのような小さな手を、上に掲げた。

「がんばろー！」

「おー！」

ゆるい。

＊　＊　＊

内装と備品の計画は無事に決まり、物件の契約に向かうことになった。

ぼくはまた、嫌々ながらも黒色フルアーマーでの外出となる。パーティメンバーはぼくの他にルーカス、メイド長、カルラ、カルラの護衛二人だ。

ぞろぞろと大人数で訪問することになったが、物件所有者の老人は人数に驚くというよりも、カルラの姿を認めて驚いていた。魔王位の継承権者ということで、彼女のことを知っていたようだ。ルーカスに対する以上の敬意をもって挨拶をしていたように感じた。

「では、こちらにサインを」

書類に目を通し、ルーカスがペンを持つ。

会話同様、なぜかぼくはこちらの世界に来てから読み書きもできるようになっている。書類にルーカス・クノール・リンドビオルというサインがなされるのをしっかりと見届けた。


その後は、めでたく契約済みとなった物件の外部と内部を再確認する。

あらためて見ると、物件はかなりよい場所である。

ルーカスもメイド長も、この立地を絶賛していた。ルーカスは軍の兵舎から徒歩圏内であることが大きいと言い、メイド長のほうは商店街からの近さを気に入っていたようだ。

内部に入る。

ルーカスやメイド長は部屋を一通り見渡すと、中央あたりに陣取って確認作業を見守ることにしたようだ。護衛の兵士二人は、内部に誰も潜んでいないと判断すると、一人は入り口に、もう一人は外を見張ってくれていた。

すでに図面上ではどこをいじるのかなどは決めている。だが工事が始まってから計画のミスが発覚すると開業が遅れてしまうため、慎重に現場を再確認することにする。

まずは、待合室と受付にする予定のスペースからだ。

「寸法が重要で……ええと」

長さを測るための紐《ひも》を取り出してから、反対側を持ってもらう人が必要であることに気づいた……が、そこで紐の先がスッと引っ張られた。

その先には、ピュアな顔をした銀髪褐色の幼女がいる。

「長さ測るんでしょー？　ボク持つよ」

「あれま。ありがとうございます。助かります」

受付を置く場所、待合室と施術室を区切る壁を作る場所の寸法などを確認。問題なし。

次は施術室の確認。ベッドを置く場所だけでなく、その周囲に施術するためのスペースが必要だ。

こちらも一通り確認したが、問題なし。

「さて、これで終わりですね。カルラ様、ありがとうございました」

「はーい」

カルラに礼を言うと、独特のゆるい声が返ってきた。

しゃがんだり前かがみになったりが多かったので、体がこり固まった。ほぐすために体をストレッチ……していると。体を前屈させていたときに、お尻に温かくプニョっとした感触が。

「へっ？」

変な声が出てしまった。振り向くと、もちろんそこにいるのはカルラだ。

「ん？　どうしました」

「マコトのおしり、かたいー」

「あー、なるほど。マッサージって意外と足腰を使う仕事なので。お尻や足の筋肉は引き締まっていきますね」

たとえばうつ伏せでの肩の施術などは、かなり腰を沈めた体勢になる。下半身の筋肉は大活躍だ。

椅子に座って施術するという手もあるが、自分の場合、それだとあまりしっくりこないため、使っていない。

「……といいますか、今のは少しぼくの尻に力が入っていたので硬く感じたのでは？」

「じゃあ力抜いてー」

「もう抜いてます」

カルラが後ろに回り込む。

「少し柔らかくなった。でも、おかあさまよりもかたい」

嬉しそうな声でそんな感想を追加しつつ、おもちゃで遊ぶように揉み始める。

悪気がないのはわかるんですが……。目の前にあるからといって、いきなりお尻触ったり揉んだりするのって、この世界でもダメですよね？　しかも比較対象がおかしくないです？

そう突っ込みたかったが、ぼくが注意するのは違うような気がする。ルーカスとメイド長も微笑を浮かべながら見ているだけなので、特に何も言わないでおいた。

ただ、お尻を揉んできた彼女の手は……意外なほど密着感と安定感があった。マッサージ師のぼくとしては、悪くない揉み方だなあという印象も持ってしまった。


「マコトよ、どうだった？」

ぼくのお尻が解放されると、ルーカスがニンマリとした笑みとともにそう聞いてきた。

「うん。計画どおりいけそう」

「ふふふ、さすが私の奴隷」

「ウフフ、さすがルーカス様の奴隷ですわ」

「マコトさすがー」

何やら適当に言われている感もあるが、計画どおりいけそうなのは事実である。完成後のマッサージ治療院の景色が、しっかりとイメージできた。

「しかし……何も置いていない店舗の空間というのは寂しいものだな」

ルーカスは、ガランとした空間を味わうように深呼吸した。

「石造りの建物は寿命が長い。今までもう何回も、いや何十回も、開かれた店は代わっているのかもしれない……。マコトの店は長続きするとよいな」

「そうだね」

「まあ、長続きしてもらわないと、私の構想も崩れるので困るわけだがな」

ルーカスはそう言って笑う。

「あ！」

「なんだ」

「寿命つながりで思い出した。物件とは全然関係ないけど、聞きたいことがあるんだ。いい？」

「よいぞ。答えられることなら」

「魔族の寿命って何歳くらいなの？」

「……人間よりは少し長いようだが。民間の魔族の場合、特に何もなければ百歳近くは生きる。稀《まれ》にだが、百二十五歳くらいまで生きる者もいるな」

「へえ、長生きなんだね。老けるのが遅いということなのかな」

「どうなのだろうか。人間同様、年齢を重ねるにつれて骨はもろくなっていくが、治癒魔法のおかげで、骨折してそのまま二度と歩けなくなるということもないし、老後が人間より少し有利だからかもしれない。そのあたりはよくわからないな」

どうやら、魔族は普通の人間よりはやや長命らしい。しかし『民間』という彼の言葉は少し引っかかる。

「民間ってことは、兵士はもっと寿命が短いわけだ？　戦死者が平均寿命を下げているということ？」

「それもあるが、それだけではない」

「どういうこと？」

「私にもなぜだかはわからないが、兵士は病気にかかりやすいのだ」

「病気？」

「ああ。しかも原因がわからない病気が多い。症状にしても、風邪のようなものから血を吐いたり腹部が膨れ上がったりするようなものまでさまざまだ」

「……」

「治癒魔法も効かない場合が多くてな。兵士病と呼ばれている」

兵士病……。

すぐにぼくの頭にひらめくものはないが、これもあとでメモしておくことにする。

時間が余ったので、備品の購入の手配もおこなうことにした。

この世界では特注になるのでコストはかかってしまうが、この先のことを考えると、うつ伏せ用の穴空き施術用ベッドがあったほうがよい。

元の世界でぼくが使っていた施術用ベッドは、幅が六十五センチ、長さが百九十センチ、高さが六十センチの、ごくありふれたサイズだ。魔族の体格は人間と変わらないようなので、同じサイズでいけるだろう。

物件が広いこともあり、ベッドは十台用意する。これでもスペースにかなり遊びができるが、今後の展開次第で随時追加していくことにする。

あとは結構な数の布が必要になる。なので少し多めにお願いをしておいた。施術するときに患者にかけたり、ベッドの上に敷いたりするためだ。他にも細かい備品、荷物置きのカゴなどを発注する。

少額のものについては代金の支払いがあと払いでなく、その場で払うかたちになる。ルーカスに払ってもらったのだが……。

「あれ、それって？」

彼が店のカウンターで出した長方形の紙に、思わず横から突っ込んでしまった。

「むむ？　これは紙幣だが。お前のいた世界では存在しなかったのか？」

「いや、あったけど。この女の人って……」

「うむ。魔王様だな」

「うわぁ。全然違うじゃんコレ」

「そうか？」

その紙幣の中央には、若い女性の上半身が刷られていた。

その顔は、たしかに魔王のものだとわかるのだが……。

「実物はこんなに穏やかそうな顔しないでしょ？　もっとツンツンしてて不機嫌そうで、触るだけで雷が落ちそうな――」

「誰が不機嫌だって？」

「うわあああっ！」

後ろから、なぜか魔王が登場。さらにその後ろには、魔王の護衛と思われる兵士も。

驚きすぎてヨロイ姿のまま飛び上がってしまった。

「なぁんでいるのおおっ⁉」

「暇だから視察していたら、お前らが来てるって話を聞いたんでな……。というか、お前なに陰口叩いてんだ。殺すぞ」

「イテテッ」

魔王がぼくの兜の角を摑み、乱暴に揺さぶった。

ルーカスやメイド長、護衛の兵士や店主たちは、サッとひざまずいていた。

「ああ。ちょっと寄ってみただけだから、そう畏《かしこ》まらなくていい」

魔王がそう声をかけ立ち上がるよう促したが、すぐに立ち上がる者はいない。

「あのー、とりあえず角を放してもらえますと」

「お前はもっと畏まれ」

「イテテテ‼」

……というハプニングはあったものの。

ルーカスやカルラのおかげで、ぼくが不審な恰好をしていようがスムーズに準備が進んだ。

こうして、ひとまず備品は揃う目途《めど》が立った。内装については大工のギルドが存在するそうなので、そちらに頼む予定だ。

順調だ。思ったよりも早く開業日を迎えられるかもしれない。

第12話 ルーカスの大論陣

物件の契約後、準備は順調に進んでいた……はずだったが。

やはり無風というわけにはいかず。問題が発生してしまった。

ルーカスの似顔絵が入った特製シャツが破壊的にダサかった……というのは割とどうでもよく、ぼくが我慢すればよいだけの話。

問題が起きたのは、内装工事をおこなったときのことである。

職人である五人の男性魔族が来てくれたのだが、士気があからさまに低い。ギルドに言われて仕方なく来ましたというオーラが凄《すさ》まじく、ぼくの言うことをきちんと聞いてくれない。

おかげで、間仕切りなどをおこなうだけのさほど大がかりでない工事なのに、遅々として進まなかった。

様子を見ていたルーカスが訝《いぶか》しんで問いただしたところ、五人は素直に口を開いた。

「いぐらリンドビオル卿の奴隷でも、人間が開業する手伝いをするのはみんな嫌だっぺ」

「人間怖い……おうちに帰りたい……」

「俺様は家族を人間との戦いで亡くしている」

「マロも華族を人間との戦いで亡くしておじゃる」

「アタシもあまり気が進まないわ」

五人の話しぶりを見る限り、ギルドの人選にも問題はあるようだ。嫌がらせで窓際族を選ばれた可能性は十二分にある。

ただ、この手のトラブルが起きることは予想できなかったわけではない。

リンドビオル家に人間の奴隷が入り、その人間が王都で開業しようとしているということ——それはお触れが回っているために周知されつつある。そしてルーカスは批判や苦情を防ぐために、その人間が持つ技術が魔王公認であるという情報も回し、ルーカス似顔絵入りの特製シャツも用意し、ぼくに毎日着させている。

そのおかげか、ここまでリンドビオル邸が焼き討ちや打ちこわしにあったり、ぼくが帰り道にいきなり魔法を撃たれて殺されたりということはなかった。

だが、いくら周知されようが、それで魔族の根底にある人間嫌いや人間恐怖症が消えたわけではない。

開業までにかかわる魔族の人たちは一人二人だけ、というわけにはいかない。そうなると、人間に恨みを持つ者、重度の人間恐怖症、過激な攘夷論者……そのような人たちとも関わりを持つことは当然あるだろう。

よって今後のためにも、ここはしっかりと乗り切らなければならない。

そう思ったのだが……。なぜか、ルーカスのほうが職人たちとやり合う気満々である。

「ふふふ、マコトよ。人間の国では『ピンチはチョイス』と言われているそうではないか」

「チョイスじゃなくてチャンス」

「おお、そうか……ふむ」

今度はメイド長にメモられる前に訂正しておいた。

「つまりはだ。このピンチはお前のことを理解してもらう好機である」

「はあ。好機、ね」

ルーカスが、職人たちに向かってしゃべりだす。

「職人たちよ。マコトは決して魔族の敵ではないのだぞ。話せばわかるタイプの人間だ」

「そうだよー。マコト悪いヨロイじゃないよ」

カルラは意味不明であるが、それに対しては誰も突っ込まず。

職人たちはルーカスに対し、次々と反論をしてきた。

「でもオラ思う。リンドビオル卿はその人間にだまされでいるんだ」

「ふふふ。私がだまされる？　そんなことがあるわけがない」

「なんでそーたごどが言えるのだ」

「なぜなら私は優れているからだ」

「リンドビオル卿は……人間が……怖くないのか」

「ふっふっふ。怖いはずがなかろう」

「なぜ……」

「私の魔法は最高のクオリティだからだ。怖いものなどない」

「俺様は人間に対し強い恨みがある。リンドビオル卿は人間への恨みはないのか？」

「私も父が戦死しているからな。ないこともない」

「ではなぜ人間に協力するのか」

「ふふふ。私が人間に協力するのではない。人間が私に協力するのだ。勘違いしてはならない」

ルーカスが職人相手に次々と謎の理論を展開していく。

……というか。ルーカスの父親がもうこの世にいないことは薄々知っていたが、死因は戦死だったのか。初めて聞く事実に、少し驚いた。

ぼくは職人たちをあらためて見る。あたりまえだが、五人の表情に納得の色はない。

だがルーカスはドヤ顔で締めくくりにかかった。

「ふふふ。よし、職人たちよ。みんな納得したな。わかったら、マコトの言うことを聞いて作業に取り掛かるがよい」

そう言われた職人たちは、完全にしらけている。

「でもなあ。オラだぢにも職人の誇りがある」

「そうだよ……」

「そうだ」

「そうでおじゃる」

「そうだわ」

ぼくのほうから見ていると、温度差が凄い。どうしようかと考え始めたが——。

「だまらっしゃい！」

やはり、ルーカスが先にやり合うようだ。

「皆どれだけ腕に自信があるのかは知らぬが……。このマコトも同じく職人だ。そして今、人間でありながら一人で魔国に乗り込み、そして味方も少ない中、開業しようとしているのだ。お前たちが逆の立場だったら、彼と同じことができるのか？」

「……」

「彼は私の奴隷であるが、鎖につないだことなど一度もない。つまり逃げようと思えばいつでも逃げられる状態にあったのだ。だが彼は逃げずに、その技術を魔族のために使ってくれると言っているのだぞ？」

「……」

「職人の誇りというのは、たしかに大切なものだ。そして、その技術をあくまでも魔族のために使いたいというお前たちの心意気、それは素晴らしいだろう。だが、彼も人間の身でありながら、お前たちと同じく魔族のために働く気でいる。ならば、お前たちが彼に協力することは結果的に魔族のためにもなるだろう。違うか？」

「……」

「だいたい、このマコトの顔を見てみるがよい。魔族に仇《あだ》なすような顔に見えるか？」

「顔はそーたふうには見えねえ」

「たしかに……見えない……」

「見えねえな」

「見えないでおじゃる」

「たしかに顔はかわいいわね」

「そうだろう？　この顔で敵にはならないはずだ」

だが、職人はそれでも「うーん」という顔をしていた。

「しかしリンドビオル卿。『マッサージ』なる技術は、マロは今まで聞いたことがないでおじゃる。本当に魔族のためになる技術なのでおじゃるか？」

ルーカスは「当然だ」と言って、ぼくのほうを向いた。

「よし。マコトよ。ここはお前の技術でこの職人たちを納得させることにしようではないか」

いきなりの展開に驚いた。ルーカスは、ぼくに今ここで施術をさせる気なのだろうか？

まだベッドは納品されていないが……。

第13話　座位での施術

「今、ここでやるということ？」

突然ルーカスに振られたかたちになったぼくは、そう聞き返した。

「そうだ。お前の技術を理解するには、実際に受けてみるのが一番だ」

「ベッドがまだ来てないけど……」

「ふふ、ベッドはまだであるが、椅子はすでに納品されている。座った状態でもできるのだろう？」

なるほど。スツールはすでに納品されて、端のほうに置いてある。

しかしルーカスも危ない、と思う。万一ぼくが「ベッドがないとできない」と言ったらどうするつもりだったのだろうか。

……まあもちろん、座った状態でもできるわけだが。

ただ、世間一般の認識とは異なり、座位での施術というのは若干難度が高くなる。

一般家庭でマッサージというと、椅子に座った状態での肩揉みをイメージする人が多い。なので、座位での施術が一番やりやすいと考えている人は多いかもしれない。だが施術の効果を出すという意味においては、患者を寝かせた状態での施術のほうが楽なのだ。


では……方言っぽい人からやるか。

ぼくは椅子をフロアの中央に置き、椅子に座るようお願いした。

座った状態で、簡単に検査をおこなう。

「では触りますが……心の準備は大丈夫ですか？」

「あまりよぐねえ。でも我慢する」

職人なので仕方ないかもしれないが、左右差が大きく肩の高さが明らかに違う。また、かなり猫背になってしまっているようで、肩が大きく前に出ていた。

そして肩や背中の筋肉を触ると、見事なレベルでこり固まってしまっていることがわかった。結構な重症だ。

「肩も背中も痛くなりそうですね。あと腰も」

「触っただげでわがるのが？」

「これだけわかりやすいと、わかりますよ」

では、施術だ。

「じゃあ、肩の力はなるべく抜いていてください」

方言っぽい人のすぐ真後ろに立ち、施術を始める。

「ふがああ――！」

「イテッ」

開始するや否や、方言っぽい人が絶叫とともに首を後ろにそらし、後頭部がぼくの胸にヒットした。

「ああ。すまねえ」

「いえいえ。施術は痛くないですか？」

「大丈夫だ。おめの手は不思議だ。気持ぢいい」

座位での施術が比較的難しいというのは、受ける側が力を完全に抜くことが困難というところにある。

肩上部を上から下に押す分には問題はないが、少し背中寄りになると、力のベクトルは後ろから前になる。そうなると受けている側は、前に倒れないようにと背中や腰に力が入ってしまい、ほぐれづらくなってしまう。

それをできるだけ防ぐには、親指以外の四本指をうまく使う必要がある。さりげなく、押す力へのストッパーとしての役割を持たせるのである。

ぐいっと。

「ふがあ――！」

この人も騒がしい。

「首はあまり下に倒しすぎないように気をつけてください」

これも重要である。

座位での肩揉みの場合、受けている側の首がだんだん下に垂れ下がってくることが多い。あまり垂れ下がりすぎると、僧帽筋《そうぼうきん》――首から背中にかけて外側を包むように広がる筋肉――が張りすぎてしまい、せっかくの施術が奥に届きにくくなってしまうのだ。

そして背中の施術については、術者の押圧しないほうの手を相手の前に回し、胸の前を押さえさせてもらうくらいでも良い。とにかく、患者の体に不必要な力が入ることを防がなければならない。

ぎゅー。

「ふがあああ――――！」

そして〝体の前〟も極めて大切となる。

一般家庭で肩揉みというと、「体の後面しか施術しない」ケースがほとんどだろうと思う。だが、実はそれだけではバランスを欠いてしまう。「体の前面の筋肉も施術」しないと、治療にはならない。

特に、職人は長時間の作業のせいで猫背になりやすい職業だ。猫背は肩が前に出てしまっている状態である。つまり、肩を前に出す働きをする体の前面の筋肉……これも施術してゆるめないと姿勢の矯正ができないということになる。

具体的には、鎖骨の近く、胸、肩関節の前面、肋骨の間。これらの諸筋を施術してゆるめ、そして胸を広げるストレッチをおこなうことで、体に正常な姿勢を思い出してもらうようにする。

ちなみに、鎖骨上下はこりが蓄積して硬くなると付近を通る腕神経を圧迫し、手のシビレやだるさの原因になりやすい。なので念入りにおこなう必要がある。

「ふぐぁんぐがあぁ――！」

さらに腕。三角筋《さんかくきん》から上腕、前腕、手に至るまでの施術も欠かせない。

「ふがあああ――！」

だからうっせーっちゅーねん。

他の四人にも、順番に施術をしていった。

「あああああっ――！」

「ふぐぉおおお――！」

「むうぉおおお――！」

「アッ――！」

全員、大絶叫である。

これは開業したら騒音が問題になるかもしれない……と、本気で心配になった。

＊　＊　＊

「ふふふ……どうだ。これで文句あるまい」

それぞれの絶叫を上機嫌で見届けたルーカスは、両腕を組んでさらなるドヤ顔である。

両隣には、同じくドヤ顔のメイド長とカルラが胸を張って腕を組んでいる。

なんだこの絵は。

「ハァハァ、これは凄い」

「……これは……たしかに……」

「認めざるを得ねえな」

「これは素晴らしいでおじゃる」

「あぁあん……」

どうやら、全員に満足してもらえたようだ。よかった。これで内装工事もはかどることだろう。

そしてなんと、ギルド内で宣伝もしてくれるらしい。まだぼくには知名度がないので、これは大変ありがたい。

「マコトには、ぜひに魔族になってほしいど思う」

「……魔族になってもらえれば……怖くない……」

「そうだな。人間やめちゃえよ」

「仲間になるでおじゃる」

「同じ種族になれば交《まじ》われるわよ」

種族変更？

携帯電話の機種変更みたいなノリで言われたが、そんなに簡単にできるわけがない。

第14話 弟子ができた

……。

大きなロータリー。林立するオフィスビル。斜め前に見える家電量販店。せわしなく行き交う人々。

空気が汚れているせいか少し霞《かす》んで白っぽく見えるが、これは……新宿駅西口だ。

ぼくは不思議な力で導かれるようにロータリーを抜け、駅から遠ざかるように大通りを歩きだした。

そしてしばらく歩いたのち、大きなビルの地下に下りていく。

ここにはたしか、携帯電話の……。

あれ？「種族ショップ」ってなんだ？

「ようこそいらっしゃいました」

しわがれ声で挨拶された。

店頭に出ていたその客引きの女性は、腰がずいぶんと曲がっている。

よく見たら老婆ではないか。しかも、どこかで見たような。

……あ、いつぞやの転送屋のお婆さんだ。

「ここって携帯ショップじゃないの？」

「ここは種族ショップでございます」

「……」

「今なら、種族変更の事務手数料や解約手数料は一切いただきません」

あからさまに怪しい。なのに、なぜかスルスルと店の中へ入ってしまった。

「いらっしゃいませー」

カウンターの中にいたのは、若い女性店員が一人だけだった。

豊乳に赤みがかかった髪。そして赤黒い目。

……魔王だ。

まだ引き返せる。けれども、ぼくは操られたようにカウンター前の椅子に座った。

「人間を解約して魔族として生きるということですね。承知いたしました」

話が進んでいく。

「契約書にサインをお願いします」

手が勝手に動いてサインをする。なぜだ。

「では、契約成立ですね」

店員……いや、魔王は両手のひらを上に向けた。

左右の手に、氷柱と火球が現われる。

「マコト死ねええ！」

「うあああああっ」


……。


あ、やっぱり夢か。

「嫌な夢を見るというのは疲れてるのかなあ……。魔王の夢とか、きっついわあ。何が『いらっしゃいませー』だ。気持ち悪っ」

「誰が気持ち悪いって？」

「わああああああっ」

ぼくに与えられていたルーカス邸の四畳半の和室。なぜかまた、中央のちゃぶ台のところに魔王が座っていた。

ふたたび、反射的に部屋の隅に飛んで避難してしまう。

「だからああー！　なああんでーいるのおおっ」

「わたしは魔王だぞ？　魔国内のどこに現れようが勝手だろうが」

やはりこの四畳半の部屋では距離が十分に取れない。侘び寂は要らないのでフローリングの八畳間がよかった。

「マコトおはよー」

カルラもいる。またこのパターンか。

「なんで人が寝ている部屋に――」

「おい、朝起きたらまず挨拶だろ」

「……おはようございます魔王様、カルラ様」

ぼくは起き上がると、ちゃぶ台を前にして正座した。

ちゃぶ台の上には、二人分のお茶が置いてある。くつろいでいたようだ。

「で、マコト」

「はい？」

「カルラを一番弟子にしろ」

「え？」

またいきなり……。朝から「？」である。

「リンドビオル卿には、さっき話してあるからな。了承済みだぞ」

「はあ」

「マコトー、ボクじゃダメなの？　一番弟子」

カルラが、両手の指をモゾモゾさせながら聞いてきた。その銀髪は微妙に揺れている。

「あーいやいや、全然ダメじゃないですよ。ここまでよく手伝ってくださってますし、ぼくの施術も何度か見てくださってますから」

「わーい」

彼女の年齢や性別については、まったく問題はない。施術で強く押す必要があるときも、決して手の力でやるものではなく、体重を使っておこなうものだ。マッサージは、非力な女の子であっても十分に会得《えとく》できる技術なのである。

「でも、タイミングが今でいいのかなあ？　と思うんですよね」

開業前に弟子を入れるというのは、通常ではありえないことだ。

「今でいいんじゃないか。開業計画は順調なんだろ」

「ええ、おかげさまで」

「じゃあもう弟子を入れろ。早い段階で入れないと、あとでお前がきついだろが」

「むむむ。そう言われるとたしかに」

「じゃあ決まりでいいな。カルラを任せるぞ」

「……はい、ではこちらこそよろしくお願いします」

「うむ。よかったな。カルラ」

「やったー。マコトよろしく」

手を握られたが、彼女の手が少し湿っていた。

ぼくが嫌がるのではないかと不安だったのだろうか。彼女なら、むしろこちらからお願いしたいくらいなのに。

「でも、なんでまた急にこの話が？」

「こいつ本人の希望だ。興味あるらしいぞ」

「それは嬉しいですが。魔王位の継承権者くらいの偉い人が、身分が最低の奴隷に弟子入りって大丈夫なんですか？」

「フン。お前の身分は最低でも、お前の技術はそうじゃないんだろ？」

「はあ」

「リンドビオル卿の話だと、この世界じゃ人間の国でもマッサージなんてもんはないらしいぞ？そんな技術なら貴重だろ。きちんと国が認めるということにする。心配しなくていい」

人間の国にもマッサージという技術はない——それ自体は世界が違うので不思議ではない。痛いところに手がいくくらいは人間であれば当然あると思うが、きちんとしたマッサージの体系などは確立されていないのだろう。

ルーカスがそのことをどう知ったのかは不明だが、また魔国内に出入りしているというドワーフの商人あたりに聞いたのかもしれない。


かくして、熱心な弟子が一人できた。

魔王には他にも養子がたくさんいるので、希望者がいれば連れてくるとのことだ。もしかしたら、急ににぎやかになるかもしれない。

ルーカスもそう言っていたが、ぼくも子供のほうが人間に対してなじみやすいと思っている。この路線は悪くない。


「よし、マコト。そういうことでだ」

「はい？」

「今朝もわたしは魔王城からここまで歩いてきた」

「それはお疲れさまでした」

「魔王城からここまで歩いてきた」

「お疲れさまでした」

「歩いてきた」

「……あの、このやり取り、めんどくさいんで。最初から『施術しろ』と言ってくださったほうが」

「死ね」

「あー。わかりましたって。魔法出すのやめてください」

「お前のせいだろ」

「……ぜひ、疲労回復のお手伝いをさせていただけると嬉しいです」

「うむ。よいぞ」

うざい。

＊　＊　＊

あれから、事は順調に進んだ。

毎朝起きると、魔王とカルラがちゃぶ台のところでお茶を飲んでいて。

起き上がったぼくと入れ替わるように魔王が布団に寝転がり。

押し問答は面倒なので、こちらから申し出て魔王の体を施術し。

魔王を追い出したあとは、残ったカルラと一緒に朝食を取って。

治療院に行って、開業の準備をして。

毎日があっという間に過ぎていった。
そして――。

「おお、これは素晴らしい仕上がりだな。マコトよ」

治療院開業予定の物件内部を見渡し、ルーカスが満足そうに微笑む。

明日の開業日をひかえ、メイド長とともに最終確認のために来ていた。

「ウフフフ。さすがはルーカス様の奴隷ですわ、マコト様」

「マコトさすがー」

相変わらずメイド長とカルラはヨイショが適当であるが、もう慣れたので気にはならない。

ルーカスの言うとおり、準備はバッチリである。

施術室と待合室は壁で区切られ、待合室には受付と椅子、施術室にはベッドや荷物置きが置かれている。少し前までガランと寂しげな空間だったことが嘘のような、変貌ぶりだ。

施術用ベッドや床もキレイに掃除されており、すぐにでも患者を入れて施術できる状態になっている。

「カルラ様はよくここまで頑張られましたな。お疲れさまでした」

「ボク疲れてないよー？　楽しかったよー」

「ふふふ。それは頼もしいことで」

ルーカスはカルラにもねぎらいの言葉をかけたが、当の本人は自己申告どおり、治療院づくりを楽しんでいた様子だった。疲れていないというのは、そう間違いではないのかもしれない。

彼女については、しばらくは受付をやってもらうことになっている。すでに技術は教えていっているが、開業後も空いている時間を使い、どんどん伝授していく予定である。もう大丈夫だと判断したら、施術にも参加してもらうつもりだ。

「いよいよだな、マコトよ。宣伝はやっておいたから期待するがよい」

「ありがとう。助かるよ」

「私は魔族の命運をお前に託している部分もある。頼むぞ」

そんな大げさな。何を言いだすんだか――。

そう言おうとしたが、その前にルーカスは続ける。

「まだお前はレンドルフ村と王都しか見ていないので、ピンときていないかもしれないが、前にも言ったとおり、魔国は危機的な状態にある。私はその流れを変えるべく、最後まで最善を尽くさなければならない。今回のマッサージという技術の導入も、その一つとなる」

たしかに、ルーカスとメイド長を施術した次の日、そのようなことは言われていた。

だがしかし、である。

「そう言ってもらえるのは嬉しいんだけど……マッサージで流れが変わるなんていうことがあるのかな」

「ふふふ。変わればよし。そして、万一変わらなかったとしても、それはそれで無駄にはならない」

……？

「ごめん、ちょっと意味が」

「マコトよ。お前は苦しんで死ぬことと、安らかに死ぬこと、どちらがよい？」

「それは、まあ、少しでも楽に死ねたほうがいいよね」

「つまり、そういうことだ」

……。

マッサージという技術を導入すること。それは魔族という種族そのものに対しての終末医療――ターミナルケアとしても最適。

そう考えているのだろうか？　この人は。

第15話　怪業で開業した日

開業当日。

もともと晴天が多い気候らしいが、この日も天気は快晴だった。

準備万端となった施術室に差し込んでいる朝日。まさに祝福の光を思わせる。

「外はいい天気だね、マコト」

「そうですねカルラ様。開業当日にこの天気はありがたいです」

雨の日では患者は来づらいだろう。晴れてよかった。

あとは、営業開始になったら扉を開けるだけだ。

が……。

「あれ？　マコト、外見てー」

カルラにそう言われて、待合室の窓から院の外を覗いてみた。

「……」

ルーカスが妙に宣伝を張り切っていたので、嫌な予感がないわけではなかった。しかしながら、このような状況になることまでは予想できていなかった。

「マコト、これ全員できるの？」

「いや、無理だと思います……」

開院前の治療院の扉の前には、すでに三十人は並んでいるようだ。多すぎである。

どうすんの、これ。

「ふふふ。どうだマコト、私の宣伝力は」

「さすがですわ、ルーカス様」

カウンターに寄りかかったままドヤ顔で腕を組んだルーカスに、それをヨイショするメイド長。

とりあえず少しはこちらの焦《あせ》りを感じ取ってほしい。

「ありがたいんだけどさ。この人数、どう見ても一日じゃできないよね」

待合室でひたすら待ってもらうのも申し訳ないし、まだこのあともどんどん並ばれてしまう可能性だってある。丸一日待たされた挙げ句に今日はもう終わりです、となれば、ルーカス推薦の治療院といえども、さすがにクレームは免《まぬが》れないだろう。

「ふふふ。マコトよ。頭が固いぞ」

「え、どういうこと？」

「ふっふっふ、思考に柔軟性がないということだ」

「いや、それを聞いてるんじゃなくて。何かいい方法があるということなの？」

「うむ。待ってもらう必要もなければ、一日でやる必要もないだろう」

「えっ？」

「整理券を配って順番だけ先に決め、開始予想時間近くになったらあらためて来てもらえばよい。一回の施術時間とベッドの準備時間を教えてくれれば、魔国一の知能を誇る私がこの場をうまくさばいてみせよう」

おお、整理券か。なるほど。

開院直前ではあるが、施術にかける時間をどれくらいにするかを再考することにした。

日本では五十分程度の施術時間だったので、予定では同じくらいかけるつもりでいた。しかし、すでにこれだけ並んでいるとなると、とにかく数をこなせないと迷惑をかけてしまう。再設定の必要がある。

考えた結果、当面は施術時間を約二十五分とし、インターバルは五分以内を目指すことにした。つまり、一人にかける時間は三十分間に収める。施術料金もそのぶん下方修正だ。

時間設定についてはかなりシビアになったため、カルラにお願いして受け付けの段階で細かく問診をしてもらうことにした。そして受付票兼カルテを、主訴や現病歴、既往歴――今までにかかった病気――、職業などの必要項目がすでに書かれた状態でこちらに回してもらう。そのあたりは当初ぼくが施術前にやろうとしていたのだが、ここまでの彼女の感じなら苦もなくやれるだろう。

それを伝えると、ルーカスは鼻歌交じりで整理券を作成し、自ら配りに外へ出て行った。何やらとても楽しそうである。

ちなみに彼、もともと来月まで出勤停止処分の期間だったため、公務はあまり入っていないらしい。しばらくは、治療院の様子をこまめに見に来てくれるのだとか。

＊　＊　＊

院を開ける時間となった。

さて、一番初めの患者さんは……。

受付のカルラに案内されて、見覚えのある男が施術室に入ってくる。

「俺様が一番乗りだな」

回ってきたカルテには、職業欄に内装職人と書かれている。

ああ、思い出した。内装工事のときの俺様の人だ。早くから並んでくれたようで感謝。

「では、俺様の人、こちらのベッドのほうにどうぞ」

「あいよ」

俺様の人を導き、まずはベッドに座るよう指示をする。

「お前、マコトって名前だったよな。約束どおり、ちゃんと人間やめたか？」

「どうやってやめるんですか……」

たしかに言われはしたが、そのような約束はしていない。

「では検査からやっていきますね」

「よろしく頼むぜ」

回された俺様さんのカルテを見る。

主訴は……「ギルドから仕事が回されず暇なので、一日中うつ伏せのままいかがわしい本を読んでいたら腰が痛くなった」。

素直な自己申告には好感が持てるが、カルテは五年間保存予定である。

その記載事項に基づき、検査や補足的な問診をおこない、そして施術に入っていく。

日本で一度開業を経験していたので、思っていたよりも緊張は少なかった。もちろんまったくないというわけではないが、それよりも、やっと治療院で患者に施術できるという喜びのほうが大きい。

「あああああッ――」

そして相変わらずうるさい。「声は控えめに」と書かれた紙を見えやすいところに貼っているが、効果はないようだ。

周囲の建物からクレームが入るようであれば、施術室の気密性を高める工事をおこなう必要が出てくるかもしれない。そしたらまた、俺様さんたちにお願いすることになるだろう。

次々と患者を捌く必要があるため、ぼくにはトイレ以外で休む時間などはない。

俺様の人の施術が終わると、すぐに次の患者を――。

「おはようございます！」

「……!?」

女の子が、元気のよい声で挨拶をし、すごい勢いで施術室に入ってきた。まだぼくが「次の方どうぞ」と言っていないのに。

とりあえずベッドに座らせ、後ろから慌てて追いかけてきたカルラからカルテを受け取る。

あらためて女の子の顔を見る。黒髪で背が低く、丸顔。顔はどことなく、ぼくの子供の頃に似ているような気がした。

「ええと、ずいぶん若いね。どれどれ。年齢は、と――」

「十二歳です！」

「ええと、悩んでいる症状は――」

「おねしょです‼」

ぼくは質問をしているわけではなく、カルテを読んで確認をしているだけなのだが。その途中で勝手に答えてくる。しかも結構なボリュームの声で。

「あのー。その手の症状は口で言わなくていいよ？　待合室に思いっきり聞こえてるからね？」

「はい！」

「でも、おねしょ……夜尿症でここに来たのはどうして？」

「はい！　なんでもよくなると言われました！」

「……」

犯人はルーカスだろう。彼はもう帰ってしまったが、あとで誇大宣伝はやめてほしいと言っておいたほうがよさそうだ。東洋医学は素晴らしい経験医学であり適応症も多いが、万能なわけではない。マッサージで「なんでもよくなる」ということはないのだ。

ただ、この女の子の夜尿症については、実はやりようがあったりする。

あん摩マッサージ指圧師の専門学校は、基本的なあん摩マッサージ指圧の治療はもちろん教える。

だが学校によってはそれ以外にも、伝統的に伝わっている独自の療術を教えているところがある。

ぼくの通っていた学校でも独自の療術は存在し、夜尿症に対する施術もそれに含まれていた。その治療を施すことにする。

立位で一通り体をチェックしたのち、ベッドにうつ伏せになってもらった。そして骨盤まわりの筋肉を揉んでゆるめていく。

「あああああっ！」

うるさい上に、いちいちショートの髪を振り乱しながら体が跳《は》ねる。妙に体幹にパワーのある子なのか、本人だけでなくベッドまでもが生きているように跳び上がっていた。

十分にほぐせたところで、夜尿症への施術で要となる仙骨の矯正。第三仙椎——だいたい仙骨の真ん中あたり——に手根を当て、上からトンと押し込む。

「はんあああああっ！」

期待を裏切らず、一段と大きな声が施術室に響き渡った。

そして、施術が終わると……。

「じゃあ一回の施術で効果が出るかはわからないけど、今晩おねしょがどうなるか様子を——」

「はい！　ありがとうございました！」

「あの、一応こちらの話は最後まで——」

「とても気持ちよかったです！　私の父にも来るように言っておきます！」

嵐のように施術室を去る女の子。

……なんというか、魔族はマイペースな人が多いような。

＊　＊　＊

バタバタしていると、時間が過ぎるのが早い。気づいたら診療時間が終わっていたという感じだ。日はとっくに沈んでおり、院内はランプの灯りでオレンジ色に染められている。

初日は閉院まで特に大きなトラブルなどはなく、順調だった。整理券の効果により待合室が混乱することもなかったし、カルラの受け付けの手際も良かったため、ぼくは施術とベッドメイクに専念することができた。

なお、例の五人の内装職人は全員来てくれていた。しかも本当に宣伝もしてくれたそうで、他にも同じギルドからの来院があった。ありがたいことだ。


「マコト、おつかれさまー」

「カルラ様もお疲れさまでした。今日は予定になかったことまでやらせてしまって、申し訳ありません」

「えへへ。ボク、やくに立ててうれしい」

ボフッと、カルラが抱き付いてくる。

「そう言ってもらえるのはありがたいです……が、くっ付かないほうがいいかも」

「だいじょうぶだよー？　おかあさまもそうみたいだけど、ボクもマコトのにおい好きだし」

「……」

二人ともいつ確認したんだ？　というのは想像したら怖くなったので、思考をストップさせた。

今のは聞かなかったこととする。

それよりも……。

「では、これから始めますが。体力は大丈夫ですか？」

そう、このあとはカルラに技術指導をする時間だ。

「ぜんぜんへいきー。よろしくね」

まだ余力があることをアピールするカルラ。ぼくも今日はここまでずっと施術しっぱなしだったが、不思議なほど体に疲れを感じていなかった。帰れるのは少し遅い時間になりそうだが、エネルギー切れにならない自信はある。

これから毎日、今日のような多忙な生活が続くことになる。だが、やる気が枯《か》れる気はしない。それどころかワクワクする気持ちが大きい。気力がどんどん湧き出てくる。

この日。この世界のマッサージ師として、大きな一歩を踏み出した気がした。

閑話　魔王―貫かれた仮面―

「毎朝、日の出の少し前に起こすように」

秘書に対し密かにそう命じていた魔王は、この日も予定どおりの時間に起こされ、起床した。

部屋に入ってきていた上品な初老の女性――秘書が用意した服に着替え、最近新しくした外出用の靴に履き替えた。

秘書に部屋の掃除やシーツ替えなどを任せ、一人で寝室を出る。

魔王城二百階は、外観と異なりシンプルな構造である。装飾がまったくない灰色の壁。同じくのっぺらぼうな灰色の床。まさに顔を出したばかりの朝日が差し込んでいる今も、その無機的な景色は変わらない。

子供たちの部屋が並んでいる廊下を歩く。突き当りまで行くと、回れ右。何往復もしていく。

途中チラチラと、ある一つの扉をチェックしながら。そして、早く開けと念じながら。

やがて、その扉がガチャリと開いた。

「あ。おかあさまおはよー」

「カルラか。相変わらず早いな」

「ボクは弟子だし早いよー」

魔王の養子は全員魔王城に住んでいる。だが、まだ起床時間ではない。

「でも、おかあさまも早いよね？　いつもボクより早く起きてるみたいだし」

「……最近は自然と早く起きて、この階を散歩している」

「今日もいっしょに行くー？」

「そうだな。外の散歩も気持ちよいし、カルラについていくことにしよう」

二人で廊下を歩く。

「あっ。魔王様、カルラ様」

魔王城一階へと下りると、近くにいた兵士たちがすぐに寄ってきて礼をする。

「すぐに護衛を揃えますので、少々お待ちください」

バタバタと一階の兵士たちが動く。

ほどなくして護衛および荷物持ちの兵士が揃い、魔王とカルラは魔王城をあとにした。

＊　＊　＊

早朝なのでさすがに数こそ少ないが、魔王一行の姿を確認すると、大通りにいた者たちは慌ててひざまずく。

魔王はそれをやや苦い表情で見ながら、ルーカスの自宅の方向へと歩き続けた。

「カルラ」

「んー？」

「正式に弟子入りして……どうだ？」

いきなり聞かれて少し驚いたのか、カルラは大きな目をパチッと開いた。そし顎に手のひらを当て、歩きながら考える。

「うーん。えーっとね。毎日が楽しくて――」

「お前は以前からいつも楽しそうだっただろ」

「そうだけど。マコトは他の人たちと違ってるし、あとはボクの知らないことをいっぱい知ってて……えーと」

どうやら、今の彼女の語彙力《ごいりょく》ではまだピッタリとした言葉が出てこないようだ。カルラはいろいろな方向を見上げてうなっている。そのたびに、その銀髪が朝の若い光を反射しキラリと光った。

――たぶん、カルラにとってマコトは新鮮なのだろう。

魔王は、そう思った。

――そう。あいつは新鮮なんだ。


自分は、魔王になりたくてなったわけではない。

もう当時のことはほとんど覚えていないが、幼少の頃に先代魔王の養子として魔王城へと連れてこられ、魔王候補として育てられ……。

他にも、魔王候補が何人もいた。魔王になるのは一人。魔王に選ばれなければ、その後の生き方は自由と聞いていた。

しかし――。先代魔王が病死で急死すると、次の魔王に推挙されたのは、自分だった。

仕方なく、魔王の襲名をした。

それまでもすでに息苦しい生活だったが、襲名してからはさらにおかしくなった。

友人がいるわけでもない。まわりは何かにつけて「はい」「かしこまりました」「問題ありません」としか言わない。先代の頃から続いていた人間との戦は連戦連敗だが、宰相や軍司令長官はやはり「問題ありません」を繰り返す。

自分も灰色。そしてまわりの景色も灰色。無機的な生活が続いた。

そんなところに、あいつは現れた。

あいつは違った。

治療だと言ってなんの遠慮もなく自分の体を触り、治療だと言ってなんの遠慮もなく命令してくる。

人間なのに。奴隷なのに。

見かけは童顔で、ガキなのに——。

「おかあさま?」

「ん?」

「そっち、いつもとちがう道」

「あっ」

気づけば、カルラよりも先を歩いていた。護衛の兵士が、前と横で困惑しながら魔王を見ている。

魔王自身も、慌てたように後ろに向き直ろうとした。

しかし、そこでふと思いつく。

「まあいいか。こっちからでも行けるんだろ」

「うん。少しだけ遠回りだけど、行けるよ」

――違う景色を見てみるのも、いい。

魔王は再度、体の向きを変え、いつもと違う通りに入っていった。

＊　＊　＊

玄関の扉を開けると、メイド長シルビアがやってきて出迎えをする。いつも彼女は日の出とともに起きているようで、出迎えがなかったり、玄関の扉の鍵が閉まっていたりしたことはない。

「魔王様、カルラ様、おはようございます。ようこそいらっしゃいました」

王都で唯一、エントランスで靴を脱ぐ必要がある家。それがルーカス邸である。

「ったく。サッと脱げない靴は不便だな」

「マコトに言われてそれに替えたんだよね」

「わたしの判断だ」

カルラを一睨《ひとにら》みして上がると、少し進んですぐ横にある四畳半の小さな部屋へと入った。

襖《ふすま》を開けると、マコトは仰向けで気持ちよさそうに寝ている。カルラが襖を閉めるが、その音でも起きる気配はない。

「いつも思うんだが。わたしらが入ってきても起きないよな、こいつ」

「マコトは眠りが深いらしいよ」

「フン、そのうちそのまま起きずに死ぬんじゃないか？」

そんな言葉を吐き、魔王はちゃぶ台を前に座る。カルラも斜め向かいに座った。

すぐにお盆を持ったシルビアが入ってきて、お茶を二つちゃぶ台に置く。そのなめらかな動作が無駄な音を立てないということもあるが、やはりマコトは起きないままだ。

「ったく。なんだこの平和ボケした顔は」

「かわいいー」

「やっぱり二十一歳には見えないな。ガキに見える」

「魚をよく食べてたせいかもしれないって、マコト言ってたよー」

「あ？　なんだそれは」

「んとね。いい油とわるい油があるらしくて、魚の油は血をさらさらにして若いままでいられるんだって言ってた」

「……弟子になると、そんなことまで教わるのか？　めんどくさそうだな」

座ったまま、寝ているマコトの顔のすぐ横に移動した。カルラも続く。

手は自然と伸びた。

サラサラの黒髪、シワがなくハリのある頬、首筋と撫でていく。そして掛け布団をめくり、寝間着に触れ、その温かさを楽しんだ。

魔王が手を戻す。

障子で柔らかく色付けされた光。ほのかに漂う畳の匂いと、布団独特の匂い。

暗雲が垂れ込めている魔国であることが嘘のような景色の中で、魔王はマコトの体をあらためて見つめた。

まるでお湯に浸かっているかのような寝顔。無防備に脱力されている腕。少し太くなっている親指。

その姿を見ていると、マッサージ中の快感や解放感が呼び起こされていく。

疼《うず》く体。

徐々に大きくなっていく、鼓動……。

そしてその鼓動を打っている心臓が、強い引力で目の前の人間に吸い寄せられていた。

「カルラ」

「なにー?」

「ちょっと悪い……」

「え?」

不思議そうな反応を見せるカルラの首に右腕を回し、顔を手前に向けながら腹部に抱え込んだ。

——マコト……お前のせいだぞ……。

上体を倒しながら、左手を寝ているマコトの頭の横に置いて、支えとする。

そしてゆっくりと、自らの顔を近づけていった。

目をつぶる。

そっと、唇が重なった。

「おかあさま、どうしたのー」

「ああ……なんでもない」

「ふーん」

抱え込みから解放されたあと、カルラが魔王の顔を見つめて、少しだけ首をひねった。

「……んん……」

「ん？　こいつうなされ始めたな」

「あ、そろそろ起きそうだねー」

「……元の位置に戻るぞ」

魔王はサッと掛け布団を戻すと、カルラを引っ張りながらちゃぶ台へと戻った。

マッサージ師、魔界へ

～滅びゆく魔族へほんわかモミモミ～

第2章
魔族YOEEEEE

第16話 ルーカスの調査と魔国の兵士

開業から一か月半ほど経った日のこと——。


今日も、朝、ルーカス邸の四畳半の部屋で起きて。

そうしたら布団のすぐ横のちゃぶ台で魔王とカルラがお茶していて。魔王の体を施術して……。

「えっと。まだ帰らないんですか？」

「もうすぐ帰る」

「それ、さっきも聞きましたけど」

魔王が布団に寝転がって施術の余韻に浸《ひた》ったまま、起き上がらない。あと五分寝ようと粘るお寝坊さんのようだ。

ここ最近どんどん滞在時間が延びており、正直困っている。

「そう言われましても。あんまり居座られると、ぼくもカルラ様も予定が立ちませんって」

「……だまれ。魔王に命令するな」

「仕方ないですね。持ち上げますよ」

首の下と両膝の下に腕を差し込む。

「こら、触《さわ》るな！」

「さっきまで施術で触りまくってたから別にいいでしょ……」

お姫様抱っこし、部屋の外に持っていった。

魔王を追い出し、護衛の兵士に押し付けたあと。

すぐにルーカスが部屋へと来て、ちゃぶ台を前に座った。

「ふふふ。マコトよ、次のステップだ」

そう言われた。ルーカスはニヤニヤしている。いかにも怪しい。

「ん？　次のステップ？」

「うむ。まず、お前の治療院の経営は順調……そういうことでよいな」

「うん。おかげさまでね」

「ふふふ、それはよいことだ」

開業後、治療院経営は順調に推移していた。

――治癒《ちゆ》魔法では治せない痛みを、怪しい術で治す店。

そのような噂が、ジワジワと広がっている。毎日患者が入っていない時間帯はなく、朝から晩までモミモミしっぱなしである。

ルーカスや魔王、カルラたちのおかげだろうが、ぼくが人間だということに起因する問題も、特には発生していない。とりあえず経営的にコケる可能性は今のところ、ない。出資してくれたルーカスにも顔向けができるというものである。

弟子の教育についても順調に推移している。すでに新しい弟子も男二人女二人の計四人、追加で入っている。いずれも魔王の養子であり、まだ勉強中のため診療時間内は受付や施術の見学をしてもらっているが、近いうちに施術にも参加できるようになるだろう。

そして一番弟子カルラには、もう施術に一部参加してもらっている。

彼女は勘《かん》がよいためか、患者さんが触ってほしいところにスッと手がいく天性の素質がある。弟子入りを志願しただけあってやる気も十分で、一日ごとに技術が伸びている印象だ。また施術だけでなく、魔法ギルドから取り寄せた魔族解剖図も毎日読んでおり、知識面での進歩も著しい。

ちなみに、魔族の解剖図については、ぼくも初めて見た。

わかったことが二点あった。

まず一点は、体の中身も人間とほぼ一緒であるということである。筋肉や骨格に大した違いがないとは、施術を通じてすでにわかっていた。なので内臓もそこまで差はあるまいと思っていたが、それが確定しただけでも大変な安心感がある。

もう一点は、解剖図上ですでに足の小指の関節が一つ足りないということだ。日本でも関節不足の人はいたが、さすがに図上で省略されていたことはない。つまり、魔族は基本的に誰もが関節不足ということになる。それが何を意味するのかは、まだわからないが。

「さて。お前がこの一か月半ほどで施術した患者についてだが……」

ルーカスが本題に入り始める。

「最初の一か月は職人や商人が多く、ここ半月ほどはそれに加え、魔法学校と魔法ギルドの者も多く来ていたと思う」

……？　たしかにそのとおりだったが。

「なんで知ってるの？　施術記録をいちいち全部見てたわけじゃないでしょ？」

「ふふ、甘いなマコトよ。私はやみくもに宣伝していたわけではない。層を選択して宣伝をしていたのだよ」

「……そうだったんだ」

初日の患者の行列を見て「うわぁ」と思ったが、あれでも抑えてくれていたらしい。

「そして私は宣伝の他に、通院者に対し聞き取り調査もおこなっていた」

「聞き取り調査？」

「そうだ。私が以前お前の施術を受けたときに言ったと思うが、痛みが取れたということ以外にも、気力の充実など不思議な効果があるような感じがしていた。それを裏付ける証拠が欲しいと思ってたな」

「……」

「ふふふ。今のところ、なかなか面白い結果が出ているぞ」

「それは、ぼくも聞いていいの？」

「ああ、まだ一か月半だが、証拠としては十分固まりつつあるだろう。お前にも伝えよう」

ルーカスは、これまでに聞き取りなどで調査した結果を教えてくれた。

まずは、職人や商人からの証言。

うちの治療院に通っている誰もが、気力体力の充実を感じているということだった。また、職人や商人のギルドでは、一か月ごとに生産性をはかる指数を算出しているそうなのだが、どうもそれが跳《は》ね上がっているらしい。先月は前年の一・五倍程度に上昇しており、とても偶然とは思えないとのこと。

続いて、魔法学校の生徒と魔法ギルドのメンバーからの証言。

やはり通院者からは、気力体力の充実を感じるという感想を得られている。そして、ほぼ全員から「普段より魔力の回復が早くなっている気がする」というコメントがあるという。ほぼ全員、ということなので、おそらく間違いはないだろうとのことだ。

予想だにしなかった調査結果を聞き、ぼくは心の底から驚いた。

「そんな効果が……」

「驚いたか？」

「そりゃもう」

うーん……。

東洋医学は、目に見えないものをすべて否定することはない。

しかし、ぼく自身の施術はこの世界に来て何か変わったわけではない。手から何か出るようになった、などということはないはず。

そうなると、おそらくだが、魔族の人たちはマッサージというものに対して受け取る効果が人間とは少し違うのではないか？　そんな気がする。

思い当たることはある。

施術を受けたときの絶叫ぶりは、前から少しおかしいとは思っていた。たしかにマッサージは受けると気持ちがよいものである。だが、誰もが絶叫となると不自然すぎる。

気力体力が充実、そして魔力の回復が早い。その感想自体はどちらも主観的なもので、エビデンスとしては弱い。だがルーカスは、アンケート調査でその数を十分に積み重ねることによって確信を得たようだ。

「……それで、次のステップ、というのは？」

「うむ。今日からは兵舎のほうにも行って宣伝してみようと思う」

「兵舎？」

「そうだ。私の勘が正しければ、軍としての機能向上も望めるのではないかと思っている」

なるほど、と思った。

最初は一部のギルドにだけ宣伝をおこない、聞き取りで効果を確認。その結果、どうやら安全だということもわかり、次は魔法ギルドにも宣伝。それも問題なく、さらに魔力回復の追加効果まで確認できた。ならば、次はいよいよ兵士に試してみよう、ということなのだ。

この周到ぶり。ぼくには言わなかったが、もしかすると副作用の有無なども気にしていたのかもしれない。

おバカ芸人疑惑すらあったルーカスではあるが、このあたりはやはり参謀らしい考え方だ。さすが、自称天才であることを自称するだけのことはある。

もちろんこちらとしては、彼の進め方に異議はない。

ただ――。

「ルーカス、ぼくは軍について何も知識がないんだ。簡単に教えてくれるかな」

そう。そもそも、ぼくは魔国の軍とはどのような組織なのかを知らないのだ。

読んでいたラノベなどは、中世ヨーロッパ風の世界であることが多かった。中世ヨーロッパであれば封建制であり、それぞれの領主が騎士を従えている。そしてその騎士の日常は、土地の管理や、警備、裁判などの仕事をしつつ、訓練――。そんな感じだったと思う。

ところが、ルーカスは「騎士」という呼び方はしていなかった。そして「兵士」「兵舎」という言葉を使っていた。中世ヨーロッパの騎士とは少しかたちが違うのではないだろうか？

ぼくは、おそらく知っておいたほうがよい。施術する上でのヒントが見えてくる可能性もあるからだ。

「よいぞ。簡単に説明しよう」

「簡単にね」

念のため、脱線防止に〝簡単に〟を強調する。

ルーカスがメイド長を呼んだ。

ちゃぶ台にルーカスの好物カップスープが置かれ、彼の説明が始まる。

またしても話が枝葉だらけで長かった。簡単にと言ったのに。

大幅に端折《はしょ》ると次のようになる。


魔国は軍制がある。そして軍は師団で構成されている。地方の有力な家は私兵を抱えているケースがあり、緊急時には戦争にも参加することもあるらしいが、それは例外。きちんと職業軍人が存在し、基本的には彼らが戦に出ていく。

軍の兵士は徴兵されたわけではなく、基本的に志願者のみ。普段は兵舎に住み、戦がないときは訓練をしつつ、街の警備や災害対応をおこなっている。滅多にないが、モンスターが近くに現れた場合は退治もしている。

彼のその話で、魔王軍は近代国家のような軍隊であることがわかった。

しかし……それなら強いはずでは？　と思うのだが。

それをルーカスに突っ込んでみたら、「数不足や士気不足もあって、やはり弱い」とのこと。

数不足については、そもそも魔国は人口が少ないということもあるが、敗戦続きで兵士の補充が間に合っていないこともその理由らしい。

現在は、三千人規模の師団が十二個あるのみだという。そうなると、国内をかき集めても三万六千人程度。当然、各要所の警備に常駐させなければならない分もある。戦《いくさ》では一万人台の兵が動かせれば御《おん》の字だろう。

一方、人間側はやる気になればその数倍は用意できるとのことだ。数の力は強いだろうから、たしかにそれでは苦しい。

士気不足については、連戦連敗で意気消沈ということがやはり一番の理由らしいが、志願兵なのにその志願理由が消極的な人が多いというのもその原因らしい。他に仕事がないので仕方なく軍人になった、という人がかなりいるのだとか。

＊　＊　＊

ルーカスの宣伝開始からほどなくして、兵士が続々と来院するようになった。

彼は、ひとまず一個師団に声をかけていると言っていた。そしてどんな効果が出るのかを調べるべく、連日兵舎に足を運び、視察およびヒアリングもおこなっているらしい。

データを二か月取って効果が確認できたら、他の師団にも宣伝する予定だとも言っていた。その頃には、新しく入った四人の弟子も戦力になっているはず。ペースとしては問題なさそうだ。

そして、その兵士たちの第一印象であるが……。

言われていたとおり、やはり「活力がない」に尽きた。

体は民間魔族より屈強であるようだが、精気が感じられない。やはり敗戦が続いている国の軍は、こんなものなのだろうか。

——うちの施術で何かよい変化が出ればいいな。

本心からそう思う。そして魔族の危機的な状況とやらも少しはマシになれば、施術者としてこんなに嬉しいことはない。


こうして、朝起きたら魔王をモミモミ。治療院の診療時間はひたすら兵士を含む来院患者をモミモミ。時間終了後は弟子の指導。そのような毎日が続いた。

第17話 魔王城往診

軍の兵士を施術するようになってから二か月ほど経った、ある日のこと。

いつものように診療時間が終了し、これから弟子の指導に入ろうとしていたとき——。

「至急、魔王城二百階まで来るように」

城の兵士が治療院までやってきて、そのように言われた。

こちらは従わなければいけない立場であるため、すぐに身支度をする。

魔王城には、まだぼくの顔を知らない人が多いと思う。施術着の下に着ているルーカス特製シャツだけだと、いきなり殺されることはないにしても、騒ぎになってしまう可能性はある。久々のヨロイ着用だ。

以前、治療院の物件資料を魔王が見たときに、「呼びつけたらすぐに来られるな」などという不吉なことを言われていたこともあり、ヨロイは治療院へいつも持ってきている。装着し、ガチャガチャと音を立てながら魔王城へと向かった。


二百階にある謁見《えっけん》の間。夜に来るのは初めてだ。

穏やかな橙色《だいだいいろ》に包まれた玉座に、魔王が座っている。謁見時にいるはずの兵士はいない。秘書である初老の女性だけが、そばに控えていた。

「……」

「なんだ？」

「足、もう組んでないんですね。肘《ひじ》も付いてないし、背筋も伸びています。いい姿勢になったと思います」

理想的な座り方になっていた魔王に、素直な感想を伝えた。

「フン。そういう気分なんだ」

もっと近《ちこ》う、というような手招きをされたので、玉座に近づいてひざまずく。

「遠いぞ」

そう言われて、さらに寄るのだが。

「もうちょっと近くだ」

……これ、もう足元だろう。

そんな距離で再度ひざまずくと、兜《かぶと》をスポッと外した……ぼくではなく、魔王が。

そのやや意外な行為に、伏せていた顔を上げてしまった。兜を持った魔王と、目がまともに合う。

「……」

「……」

ゴツン。

「痛っ。なんですか？　勝手に上向いたから？」

「そんなことはどうでもいい」

「じゃあなんで」

ゲンコツを落とされた意味がわからず再度聞くと、魔王はぼくの兜を抱えながら「なんとなくだ」とだけ答えた。

橙の灯《あか》りに照らされているせいだろうか？　その顔、特に赤黒い瞳に少し愁《うれ》いがある気がして、それ以上の突っ込みはできなかった。

「今日はどうしてこっちに呼び出したんです？」

「そういえばここに呼びつけてなかったな、と思ってな。マッサージ、全身やらせてやる」

「たしかに、そんなことを前におっしゃっていたのは覚えていますが。別に無理にここに呼ばなくてもいいのに。施術なら毎朝やらせてもらっていますし」

ちなみに、今は施術代も払われている。やはり場所がどこであれ、継続してきちんと治療として施術し続ける以上は無料でないほうがよい。タダだから手を抜くということは絶対にしないが、きちんと施術代分という責任が降りかかっている状態で施術したほうが、お互いにメリットがある。

もちろん施術記録もつけているため、現在では魔王が最も施術頻度が高い患者となっていた。

「朝は時間がないから全身はできないだろ。それに、今日呼んでおかないとしばらく無理になりそうだしな……って、まるで呼んだら迷惑みたいな言い方じゃないか」

ゴツン。

「イテッ」

「ちゃんとそっちの時間が終わる頃に呼んだんだぞ？　感謝しろ」

「……あ、そうですか。というか、別に迷惑じゃないですよ？」

日本でも訪問施術というものはあったし、庶民が来る治療院に魔王がわざわざ来るというのもどうかと思うので、特段おかしな話ではない。今日呼ばないとしばらく無理になりそう、という言葉には少し引っかかるものはあったが。忙しくなるということだろうか？

「またここに敷物を準備してもらうんですね？」

「いや、それだと他の者が来てしまうこともあるだろうしな。わたしの寝室でやるか」

寝室に案内されることにはビックリだったが、あまり見られたくないというのはごもっともだ。

一緒に移動することに。

魔王の寝室は、謁見の間と同じく魔王城最上階にある。魔王は秘書に対し「誰も近づけさせないように」と命令し、ぼくを部屋に招き入れた。

やはり国のトップの寝室だけあって、立派だった。小中学校の教室くらいの大きな部屋に、幅広で豪華なベッドが置いてある。

「じゃあ、ヨロイ脱ぎます」

ヨロイのパーツをすべて外し、軽装となる。

魔王にもマントを外すよう促すと、まずは手に持っていたぼくの兜を投げてきた。慌《あわ》ててキャッチして、机の上に置かせてもらう。

続いて魔王はマントを外してギュッと固めると……またぼくに投げつけてきた。

毬《まり》状で勢いよく飛んできたと思ったら、目の前でそれが開いて複雑な動きをした。前に出した手の中には入らず、甘い香り付きのマントを、顔でキャッチすることに。

――まあ、別にいいんですが。

「では体の検査からやっていきます」

朝と違い、時間はたっぷりある。ベッドの横で立ってもらい、体の状態をチェックしていく。

初めて施術したときのアドバイスを守ってくれているおかげだろう、姿勢が見違えるくらい良くなっており、歪みは目立たなくなっていた。

「うん。きれいな形の背中になっています」

「……なんかお前に褒《ほ》められると、逆に気持ち悪いな」

魔王はそう言うが、施術者としては患者に改善が見られることはとても嬉しい。

そのまま、筋肉のハリを見るため背中を触る。少し深めに入れてみた。

「はんあっ」

魔族特有であろう反応。魔王はもともと他の魔族よりもそれが大きめだったが、特に最近はひどくなっていた気がする。なぜなのかは、今のところよくわかっていないが。

検査は終了。

うーん……。

姿勢が良くなっているのに、背中を触った印象がそこまで良くなっていないような気がした。これまた、なぜだかはわからない。

とりあえずはベッドに寝てもらい、施術に入った。

「んはあああああ――――!!」

とんでもない悲鳴が、広い魔王の寝室に響き渡る。


施術が終了して息が整うと、魔王は一度、ベッドの端に座った。

そしてベッドのすぐ近くで立って見守っていたぼくに、目を合わせてきた。

「……スッキリされていますか？　魔王様」

今回は背中をゆっくりと揉《も》みほぐす時間があったのだが、体の一番奥に少し頑固で、かつモヤモヤしているようなこりがあった。指はそこまで届くし、ほぐれないという感じはないのだが、またすぐに元に戻ってしまいそうな印象を受けていた。

自分にはベテラン施術者ほどの経験はないが、患者に対してこう感じるときは、心にも何か問題を抱えていることが多かったような気がしている。救済の対象は心と体。それが何かがわかれば、カウンセリングでさらなる治療効果が出るような気がするが……。

「まあな」

魔王はそう答えると、そのまま立ち上がり、正面と右側面にあるカーテンを開けた。

そこには、ガラスが使われた窓。元の世界の高層ビルのように、大判のガラスをはめ殺しにしているタイプではない。格子状の枠に小さな板ガラスをはめ込んだもののようだ。風でガタガタとした音が立っていなかったのは、何か工夫があるのだろう。

魔王は自分で部屋の灯りのところに行き、消した。

この世界の夜空にも、地球の月に相当する衛星があり、恒星も存在している。部屋は暗くなったが、窓から薄く光が入ってきており完全に真っ暗とはならなかった。

魔王はまたベッドの端に座り直した。そこから正面の窓を見つめる。

「肘掛けが欲しいな。マコト、ちょっと来い」

目は、すぐに暗さに慣れていた。魔王がぼくのほうを見ながら、自身の膝のあたりを指さしている。

驚いたが、まあ誰も見ていないし大丈夫かな？　ということで、魔王の右足のすぐ右横の床の上で、ベッドに少し寄りかかるように座り込んだ。ちょうどぼくの肩の高さが、肘を置くのにちょうどよい具合になる。

ゴツン。

「痛。なんですかさっきから」

「そうすると、片肘だけ付くことになるだろ？」

「あ……なるほど。歪むのでよくないですね」

これは一本取られたと思いながら、じゃあどうすればいいんだろうと思っていると、首根っこを摑まれ、半分無理やりに少し左側に移動させられた。

その場所は、魔王の両足の間である。

これ、いいのか？　と戸惑っていると、追い打ちをかけるように魔王の両腕が、首に。

「……」

肘掛け代わりというよりも、後ろから抱きかかえられている感じだ。

左右からは魔王の内ももの柔らかい圧。首には上腕、胸には重ねられた両手が……熱い。そして後頭部には……うん……？

「マコト……嫌じゃないな？」

「……嫌じゃないですよ」

ぼくも男ですから――というところまで言うと、またゲンコツを落とされそうなので黙っていた。

正面の窓を見る。

「景色がいいですね。星がいっぱい見えます」

元の世界の日本ほどの精度ではないようだが、透明な平面ガラス。星の光をたしかに望むことができた。

「星が見えるのは当たり前だろう」

「新宿では見えませんでしたよ」

「シンジュク？」

「元の世界の街の名前です。ぼくはそこでマッサージ治療院をやっていました。経営は失敗していましたけど」

新宿では夜空を見上げても、不気味な灰色があるだけ。星など見えたことがなかったと思う。

でも、今は見える。

どこで空を見ても、たくさんの星が、自分に瞬《またた》いている。

「魔王様、ありがとうございます」

「なんだ、いきなり」

「言い忘れていましたので。ぼくはこの国に生き返らせてもらいました。その国の長に感謝するのは当然です」

「リンドビオル卿はどうか知らんが、わたしは生き返らせたつもりなんてないぞ」

「……最初ここに挨拶に来たとき、奴隷入りと開業を魔王様が許可してくれなかったら、ぼくはどうなっていたんです？」

「処刑されたに決まってるだろ。今まで人間を捕まえて生かしてたことなんてないんだから」

「それなら、やっぱり恩人です。おかげで今は仕事ができ、充実した日々が過ごせています」

「フン、言葉だけの上《うわ》っ面《つら》な礼など要らんわ」

その言い方とはあべこべに、胸に回されていた手が頬を伝いながら上にいき、今度は頭を撫《な》で始めた。

「これから一生懸命仕事することで、中身のあるお礼とさせていただきますよ」

そこで、動いていた手が止まった。

「仕事、か……」

そしてその一言が、これまでと少し違う声色のような気がして。

ん？　と思わず首を後ろに回した……のがいけなかった。

ゴツン。

「痛っ」

「こら、いきなり後ろを向くな」

「す、すみません」

やっぱり後頭部に当たっていたのは胸でしたとさ。


「じゃあ、そろそろ帰りますね」

「ああ。昇降機に係の兵士がいるはずだ。階段は使うなよ？　いつまで経っても着かないからな」

魔王は部屋の扉のところまで見送ってくれた。

扉を一歩出て、振り返る。

「……」

「……どうした？」

去る前に、気になっていたことを聞いてみることにした。

「何か、悩みとかあるんですか？」

「――!」

暗くてわかりづらかったが、間違いなくドキッとしたような反応。

「やっぱりそうなんだ。さっき施術しているときにそう思って、少し引っかかっていたんですよね」

「なんでお前は触っただけでそこまでわかるんだよ……気持ち悪いぞ」

まあいろいろあるが、今日はもういい――と気になることを言われ、魔王城をあとにすることに。

＊　＊　＊

翌朝。

今日も寝坊することなく目が覚めた。

さて……。

いつもどおりの一日が始まると思って、起き上がる。

ちゃぶ台のところに魔王が……あれ？　いない。カルラが一人だけでお茶を飲んでいる。

「マコトおはよー」

「おはようございます。魔王様がいませんね」

「うんー。今日は朝から忙しいみたいだよ」

「へえ、そうなんですか」

いないならいないで別に困るということはないのだが、カルラの弟子入り以後、一日も欠かさず朝ここに来ていたため、少し気になった。

この日も治療院は大盛況で、閉院時間まで施術しっぱなしだった。その後は、いつもどおりカルラや他の弟子たちに技術指導。そしてそれも終わると解散し、弟子たちは迎えに来た護衛たちとともに魔王城へ帰っていく。

ぼくもいつもどおり、ルーカス邸に帰った。

「マコト様、お帰りなさいませ」

玄関まで来て、メイド長は慈愛に満ちた笑みで出迎えてくれる。

帰りはいつも遅い時間なのだが、夕食の準備が整えられている。そして例によってカムナビ国風という木桶《きおけ》の風呂には、適温に調整されたお湯が張られていた。

ルーカスはもうすべてを済ませて寝ている時間なので、ぼくのためにわざわざやってくれていることになる。本当にどのあたりが奴隷待遇なのだろう。

食事、入浴が済み、四畳半の部屋の布団でまさに就寝しかけていたとき――。

「あら、魔王様。ようこそお越しくださいました」

メイド長の声が聞こえてきた。

ああ、朝来られなかったから夜に来たのかな？　そう思っていたら、部屋の入り口が静かに開いた。

ぼくは掛け布団をのけて起き上がり、入り口まで行って魔王を迎えた。

障子越しの薄青の光が、魔王の顔を照らしている。

「こんばんは。今日は夜に来たんですね」

魔王は「そうだ」と答えながら、マントおよび上半身の服一枚を外し、そのままぼくを素通りし、ぼくが寝ていた布団にダイブした。

「だいぶ疲れているみたいですね……。やらせてもらうってことで、いいですか」

返事はなかったが、どうしてほしいのかはその姿に書いてある。部屋のランプを再び灯し、横に座り背中に手を当てた。

「──っ！」

軽擦《けいさつ》しただけで、その肢体《したい》が痙攣《けいれん》する。そのまま背中の揉みほぐしに入った。

「んあああぁあああああっ────！」

やはり昨日同様に……いや、それ以上に大きな反応が出ている気がした。


「ハイ魔王様、終わりましたよ」

「はぁ……はぁ……」

今日の魔王のスケジュールは忙しかったと聞いている。そのせいで疲労がたまっていたのだろうか？　呼吸を整えるのにも、いつもより時間がかかったようだった。

最近は施術後に居座り作戦を取る傾向があるので、ある程度落ち着いたら声をかけて帰らせなければならない。

布団の上で仰向けになり、片腕で顔を隠したままの魔王に呼びかけることとする。

「あの、魔王様。もう終わりなので──」

「わかっている」

「また粘って帰らないつもりですか？」

「ああ……今日はここで寝る」

——!?

「いやいや、そういうわけにはいきませんから」

すでに夜遅いとはいえ、さすがにこの部屋でお泊まりは許されないだろう。護衛の兵士だって待っているはず……って、あれ？

そういえば。先ほどのメイド長の出迎えの様子、あくまでも音声だけの判断だが、護衛の兵士が続けて入ってきた様子はまったくなかった。いつもこの部屋に魔王がいるときは、護衛の兵士も屋敷の中に入り別室で控えているはずだが、その気配もしない。

……まあいいか。

このあたりは治安が良く、争い事や犯罪が起きたという話は一切聞かない。というよりも、ここまでの感想としては、魔族の人たちは良くも悪くもあまり戦闘的な性格の人がいない印象だ。魔族、魔国という名前とは裏腹に、マイペースな民族性、国民性なのだろう。

したがって、ぼくが魔王城まで送っていっても危険はないはずだ。外は遅い時間でも夜回りの兵士がいるし、遭遇したら手伝ってもらうという手もある。

そんなことを考えながら、魔王の首の下と、両膝の下に腕を差し込んだ。

「では帰りましょう。護衛を連れてきていないのであれば、ぼくが魔王城まで送りますので」

手前に引き寄せ、持ち上げた。

「こら、放さんか」

今日は言葉だけではなく、動きでも抵抗された。ぼくの両腕の中で、魔王の体が大きくうねり、前方に跳ねた。

そのまま、落下――させるわけにはいかないので、慌てて左手を魔王の頭の落下予想のラインに差し込むように出す。

しかし、加速のついた体の勢いは予想を超えていた。ぼくは、出した自分の腕に体を持っていかれそうになった。そして踏ん張ろうとした左足も、右足に引っかかってしまい、出なかった。

「あっ」

かばい手として出した右手も、たいして機能せず。先に落ちた魔王に交差するような角度で、上から倒れ込んでしまった。

魔王が衝撃で「うっ」とうめく。

「……」

「……」

しばし、時間が止まった。

ぼくの顔が着地した先は、明らかに布団ではない。

肌触りのよい薄い布。その下に感じる弾力。

――!?

「あ、すみませ――えっ？」

慌てて離れようとした。しかし後頭部を押さえつけられ、顔を離すことができなかった。

意外なほどの、強い力。

明らかに意思を感じるその力に、抵抗することはかなわず。そのまま力を抜き、魔王の腹部に顔をうずめる恰好《かっこう》となる。

「……」

甘い香りが、鼻腔《びくう》をくすぐる。

顔を包んでくるような優しい弾力。唇に感じる臍《へそ》の窪《くぼ》み。少し遅れて、体温もじんわりと感じてきた。

そして。

「……エルフリーデ」

突然の聞いたこともない言葉。ぼくは後頭部を押さえられたまま首をひねり、魔王の声の方向に目を向けた。

だが胸にある二つの大きな山の間から見えたのは、薄暗い障子の腰板だけだった。

「なんですか、それは」

「わたしの名だ」

「初めて聞きましたが」

「普通の国民はわたしの名など知らん。リンドビオル卿などは知っているが、口には出さぬはずだ」

「どういうことですか?」

「魔王を襲名すると、名を捨てることになる。口にするのも禁止される」

「……！」

そんな話も、今まで聞いたことはなかった。

いつのまにか魔王の手の力が弱まっていたため、離れようとしたが、すぐにそれは阻止された。

今度は左の耳のあたりを押さえられ、また魔王の腹部に押し込められる。

すぐに手の力は抜けたが、もう諦めて二つの山を眺める体勢のままで脱力した。

「魔王を襲名した時点で、それまでの人格は消える。そういう習わしだ」

その手でこちらの耳や髪を撫でながら、そんなことを言う。

かなりきわどい話だ――。当たり前だが、困惑した。

「あの。今誰に対して何を話しているのか理解していますか？　お酒の匂いはしませんが……今日は忙しかったと聞きました。疲労でおかしくなってはいませんか？」

「忙しくなどなかった」

「忙しいって聞きましたよ」

「リンドビオル卿から聞いておらぬか？　魔王とはこの国の最高位だが、基本的には承認者だ。わたしがいないと国事は定まらないが、わたしが起案したり作業したりすることはない。別に忙しくなどない」

「……そうですか」

「忙しくはないが、勝手なことはできない。まわりは教本に書かれているような態度で接してくる。どうだ？　お前だったら魔王になりたいか？」

「……」

なんと答えてよいかわからず黙っていると、魔王が続ける。

「わたしが魔王を襲名したのは、十三歳のときだ。それ以来ずっと、そんな生活が続いている」

「前から気にはなっていましたが。魔王の位って、どんな基準で選ばれるんですか」

「顔で選ばれる」

「冗談でしょ？」

「冗談だ」

「ですよね」

「けど、大して違わんぞ。誰が魔王を襲名するかは重臣会議で決まるが、魔王に必要な実務能力など、候補者間で大した差はないだろう。結局、好みで決められているようなものだ」

——これは、愚痴だ。

魔王でいなければならないことに対しての。

だが、なぜぼくに言うのだろう……というのは、理解できなくはなかった。この四畳半の狭い部屋で、このぼくに対してくらいしか、こんな愚痴はこぼせないのだろう。

「なんとなく、いろいろぶちまけたくなる気持ちはわかりましたが。で、もう離れてもいいですか？」

「離れなくていい」

「離れなくていいってことは、離れてもいいってことですか。その自由はある、と」

この魔国のトップである魔王の腹部に顔を密着させている人間の奴隷。その気持ち良さを堪能してしまうことが本来許されるとは思えず、そのような言い方になった。

「なるほど……。自由か」

少し、魔王の声が遠くなった気がした。

「お前は奴隷のくせに意思を持っている。しかも、魔王のわたしに命令してくる自由気ままな奴隷だ」

魔王の手はくしゃくしゃとぼくの髪を掻《か》き回し、そして頭からスッと離れた。

ぼくはその隙《すき》に、四つん這いになり、起き上がろうとした。

が……。

「……」

服の裾《すそ》を、魔王に引っ張られていた。

そこで初めて、先ほどまで見えていなかった魔王の顔を見た。

揺れ動く灯りに照らされた顔。それは、魔王としてのものではなかった。

そこには、若く美しく、それでいて不安で切なげな、一人の女性の顔があった。

——そうか。

ぼくは、ようやく気づいた。魔王への施術で覚えていた違和感の正体に。

その態度に隠れてなかなかわからなかったが、魔王はだいぶ心が病んでいたのではないか。

魔王としての、自由の無い閉塞的な日常。女性としては生きられず、それどころか名前も取り上げられ、一人の人として生きることすらもままならなかった。何かをきっかけに、そのことを疑問に思うようになってしまったら……たしかに、それは心が病んでいってもおかしくはない。

精神が病むと自律神経が乱れるため、人によっては刺激に対する反応が大きくなったり、背中や腰に妙なこりが出たりすることもある。マッサージ施術に対する魔王の反応が一段と大きくなってきていたこと。施術をして背中に異質なハリを感じるようになっていたこと。それは、そういうことだったのではないか。

そして魔王はさっき、ぼくのことを「自由」だと言った。

もしかしたら……。ぼくが引き金になってしまって……その心の病の進行が加速してしまっていたのかもしれない。

魔王は、きっと救いを求めている。

魔王をやめたいなどとは思っていないだろう。それは許されないことが、わかっているから。

それでも。その場しのぎでも、ほんのわずかな時間だけでも、体と精神が解き放たれることを求めているのだ。

あらためて、しっかりと魔王の顔を見た。

心身解放の手段として求めてきている行為は……そういうことだろう。

「今だけでも自由になりたい、一人の人になりたい、女性になりたい……。そうなのですね……」

恥じらいながらも、うなずくのがたしかに見えた。

おそらく相手ができるのは、ぼくだけだ。

魔王を魔王として見ない、異世界の人間。その自分になら、きっと悶々《もんもん》とした感情のはけ口となれる。救うことができる。

そしてぼくは………助けたい。

マッサージ師としての仕事とは、違うけれども。

本当は、許される身分ではないのかもしれないけれども——。

ぼくはふたたび、魔王の体の前に膝をついた。

「——今この場では、あなたは自由です。これからぼくがすることを拒否するも受けいれるも勝手。ぼくは、あなたの出した答えに従うでしょう」

魔王が目をそっと閉じることで答えると、ぼくは彼女の薄い服に手をかけた。


一糸まとわぬ姿になった彼女は、一段と艶《なまめ》かしく見えた。

施術では、薄着とはいえ着衣の状態だ。彼女の全裸を——初めて見る。

肉感のある太もも、くびれた腰、大きく膨らんだ形のよい乳房と、ほどよくコンパクトな乳輪。ランプの炎に合わせて動く影は、その起伏に富んだ姿を優しく強調している。若いだけあり、肌もきれいだった。

操られるようにぼくも服を脱ぐと、やがて魔王の目がゆっくり遠慮がちに開いた。

目が合うと……彼女は恥じらうように顔を少しだけ逸《そ》らした。橙のカバーをかけても赤が目立っているその頬は、色の濃いルビーのような赤黒い瞳とよくマッチしていた。

彼女は顔を逸らしたまま向けてきた視線で、チラッとぼくの体を撫でる。

「なんとなくそうは思ってたが……結構筋肉質なんだな……」

「一日ぶっ通しで働けるくらいには鍛えていましたから」

その答えを聞くと、ふたたび魔王が瞼《まぶた》を閉じた。気のせいか、少し微笑を浮かべたようにも見えた。

上から、重なった。

興奮というよりも、安寧《あんねい》の息遣いが聞こえる。

魔王はぼくの体の下で小さく身じろぎを続け、背中に回してきた手を動かしながら、全身で感触を愉しんでいるようだった。

ぼくも、彼女の存在を視覚以外で十分に意識した。甘い匂いのするうなじ、密着していながら圧が心地よく揺れる絶妙なクッションの胸。そして、絡みあった太ももが熱い。

彼女の動きをしばらく体で見届けると、ぼくは下肢を絡ませたまま体を起こし、腹部のほうから手を滑らせた。

「んあああっ」

これは、魔族特有であろうマッサージへの反応に近い。たぶん、ぼくに仕事の癖が出てしまったのだろうと思う。無意識に体重をかけてしまい、軽擦《けいさつ》の手技《しゅぎ》のようなかたちにしてしまったのだ。

だが、これならば――。

「……ぁあ……」

大きな乳房を南半球側から包み、体重をかけないように優しく揉むと、彼女は体をくねらせて喘《あえ》いだ。

やはりその声は、先ほどのものとは異質なものになった。穏やかな橙の光に溶けて、あたりの空気を一緒に温めるような柔らかい声だった。

そしてすでに硬くなっていた乳房の突起を、丁寧に刺激する。

「んあっ……ああっ……んっ……」

そのまま続けていくと、同じ声質のまま、彼女の喘ぎはどんどん大きくなっていった。

そろそろ、いいだろう。そう思い、今度は下半身にある局部に手を伸ばした。茂みの中、橙に染まってはいるが、おそらくきれいなピンク色をしているであろう花芯を撫でていく。

「……んんっ……」

すでに湿地帯となっていたそこを丁寧に刺激しながら、徐々に愛撫を割れ目のほうへと移行させた。

「はああっ」

やや硬くなっていた陰核への刺激で、また声が大きくなった彼女。だがじっくりと攻め続けていくと、声を上げながらも瞼を半閉じにしてとろけてきた。

その姿を見てそろそろ終了かと思っていたが、不意に彼女の手がぼくの手に触れた。

ぼくは手の動きを止める。

「……マコト」

「はい」

「一つになるのは、ダメか？」

「……」

即答はできなかった。

「まずいんじゃないですか。その、外で出しても……できてしまう可能性が」

「大丈夫だ……人間のお前は知らないかもしれないが、安全に避妊できる魔法がある」

魔王はそう言うと、下腹部に手を当てた。

特に光ることなどはなかったが、かすかにブォンという低い振動音のようなものが聞こえた気がした。

「それで大丈夫なんですか？」

「ああ、大丈夫なはずだ……失敗したという話は聞かない」

「……わかりました。でも、念のために中には出さないようにしておきますので」

人間と魔族。両者間の子ができたら、どちらの形質が顕性となるのだろうか。目の色や魔力は、どうなるのだろうか。そもそも交配が可能なのだろうか——。

不思議なほど冷静なままの頭でそんなことを考えながら、両足を持ち上げ、開いた。

こちらを見つめる彼女の表情。緊張していることがわかる。

「では魔王様——」

「マコト……さっき名前を教えたはずだ……今回だけ……一度だけでいい。頼む」

「……ではエルフリーデ様……いや、エルフリーデ……いきます」

今では誰にも呼ばれることがない名前。それをぼくが口にすると、硬くなっていた彼女の表情が、少しだけ和《やわ》らいだ。

ふたたび彼女が目を閉じる。

モノを穴に合わせ、ゆっくりと押し込もうとする。

「うっ——」

彼女の顔が歪む。そしてモノは入らない。想定はしていたが、やはり彼女は初めての経験なのだ。

「怖いですか……？　もし怖いのであればやめ――んっ」

やめますか？　そう言おうとしたのに。上半身を起こしてきた彼女に接吻《せっぷん》で口を塞《ふさ》がれ、阻止された。

口腔内に入ってきた少し乱暴な、でもたしかな意思――。それが彼女の回答だった。

その不器用な答え方が、ぼくにはとても愛らしく感じられた。

「わかりました。なるべく優しく……こちらも頑張ってみますので」

彼女が口を離し元の姿勢に戻ると、ゆっくりと、慎重に入り口を突き破る。

「ん、んっ――――！」

血が出ているかもしれない。それでも、彼女は耐えていた。

奥まで無事に入ると、動いていく。

「はあっ、んあっ」

また声を上げ続ける彼女。締め付けがきつい。動くたびに、ぼくの脳天に大きな快感が押し寄せる。

彼女のほうも、徐々に表情は苦悶のものから変化を遂げていった。

体が慣れ、さらには、どうやら敏感な場所に当たりだしたようだ。

「ああっ、マコトっ、マコトっ……」

ぼくの名前を連呼しだした彼女の声と体のうねりは、徐々に大きくなっていく。

こちらの下半身の愉悦も、徐々に波を高くしながら防波堤を越えつつあった。

最後に大きく一突き。そして波が壁を越える一瞬前に、抜いた。

「……っ！」

「……んああっ！」

同時に、絶頂に達した。

脱力した魔王の腹部には、無事に体外に出された白濁液。

持っていた魔王の足を伸ばし、そっと布団に置くと、ぼくは魔王を見守るように横になった。

すぐに魔王が片腕を差し出してきたので、二の腕を両腕で軽く包み、胸に抱えるように寄せた。

余韻に浸っている魔王の顔は、とても穏やかだった。

「……なるほど」

「どうした……マコト……」

「今の魔王様の顔、お札に刷られていた顔に近いです」

魔王の肘が、ぼくのみぞおちにめり込んだ。

＊　＊　＊

朝になって目が覚めると、仰向けだった。そのまま全身の感覚をたしかめる。

「……」

腰から下腹部に抜けるような気だるさがある。

「マコトおはよー」

高いが気持ちのよい声。おそらく、カルラがちゃぶ台のところにいるのだろう。

ぼくは掛け布団を除けて起き上がった。

妙に体が涼しいことに気がついたときには、遅かった。

「あ」

「うあああっ！　あ、ごめんなさい。こ、これはちょっと、その、あの」

そうだった。裸だった。慌てて股間《こかん》を隠す。

結局昨日、魔王は裸のまま掛け布団をかぶって寝た。なので自分だけ寝間着を着て寝るのもどうかと思い、同じくスッポンポンのまま寝ていたのだった。

「だいじょうぶー。メイド長に『マコト様は裸でいらっしゃるようなので、今日は布団をめくらないでくださいませ』って言われてたー」

「……」

自分でめくってしまうとは迂闊《うかつ》だった……って、『今日は』ってなんやねん。

それはさておき、まずは急いで服を着る。

あ、そういえば魔王の服も——と思ったが、その魔王は部屋にいないようだ。当然、服もない。

「あれ？　魔王様はここにいませんでしたか？」

「おかあさまなら、ボクのごえいの人といっしょに帰ったよー。今日もいそがしいみたい」

「そうですか……」

まあそれならそれで、ということで。あらためて部屋を見渡す。

「……」

違和感だらけだ。きれいになっている。布団はなぜかあまり乱れておらず、おかしな匂いも漂っていない。ゴミ箱を見ても、何も入っていない。

こ、これは……。ま、まあそういうことだよな。

昨夜の魔王との件も含め、すべてメイド長にバレているということでよさそうだ。

「お。起きていたか。おはよう」

そこに、ルーカスがややシリアスな顔で登場した。

やはり昨日の一件は怒られるのだろうか？

起きた事実だけをみれば、魔族のトップが人間——しかも奴隷と交わるというとんでもない事件と言えなくもない。

だがジタバタしても仕方がない。覚悟を決めて、ぼくもおとなしく挨拶を返した。

しかし彼が部屋に来た目的は、叱責《しっせき》ではなかったようだ。

「今日はお前に頼みがある」

意表をつかれ、「へ？」という間抜けな声が出てしまった。

「怒られるのかと思ってた。違うんだ？」

もしや昨日の件に気づいていないとか？　という希望も一瞬持ったが、それについてはすぐに打ち砕かれた。

「なぜ怒る必要がある？　私は魔王様の部下だ。魔王様が満足されることは、私にとってもよいことだ」

「あー、やっぱり気づいてはいたのね」

「まあ、そうだな。カムナビ風の建築は意外と防音性が悪く——」

「わー！　問題ないならこの話題はもうやめよう！　ハイ用事をどうぞ！」

ぼくが慌てたのを見て、彼は表情を崩し、微笑む。いつもの顔になった。

「ふふふ。頼みというのはだな……」

兵士を施術するようになってだいたい二か月経ったので、次は別の師団に通院を勧めるとか、そんな話だろうか？　でも、それならさっき登場したときにニヤニヤ顔だったはず……。いつもと違うと、こちらが構えてしまう。なんだろう？

予想が立たないこちらに対し、彼の口からはやはり意外な言葉が出た。

「今日、魔王城で集まりがある。お前も一緒に来てほしいのだ」

「え？　集まり？」

「うむ。お前は奴隷だが、立ち位置が特殊だ。聞いておいたほうがよい」

また急な。だが魔王が忙しいと聞いていたこともあり、どうやら関係がありそうだとも思った。

「むー……。治療院はどうしようかな」

「カルラ様はもう施術できるようになっているのだろう？」

「うん。もう一人で施術をお願いしてるよ」

「なら、今日は治療院をお任せできないだろうか？」

二人でカルラのほうを見てしまう。

「ボク不安だけど、たぶんだいじょうぶだよー」

ニコニコしながら、彼女はそう答えた。不安だが大丈夫というその意味は謎だが、現在のカルラに技術的な心配はないと思っている。

彼女はぼくから見てもかなり上達している。もちろん症状別の攻め方など、知識的な部分はまだまだではある。だが、通常の患者さんを相手にトラブルを起こすことはないはず。

「では、今日はカルラ様に治療院をお任せします。難しい患者さんに対しては無理せず、魔王城までぼくを呼びに来てください」

現在でも、難しい症状を持つ患者が来たときは、なるべくぼくが施術するようにしている。手に負えないと判断したら、すぐに呼びに来てもらおう。

「わかった。そうするー」

カルラはまったく邪気のない笑顔でそう答える。

昨日の魔王の件があったせいか、その笑顔の奥に何かないのか探ってしまった。

彼女も次代魔王の候補として、今よりも小さい頃から魔王城へと入っていたのだろう。まだ候補者であるが、普通の子供とはまったく性質の異なる生活をしているはず。彼女なりに、孤独や寂寥を感じることなどはないのだろうか。

……と思ったが、その宝石の如き赤黒い瞳の奥を探っても、ぼくには何も見つけられなかった。

「マコトどうしたのー？　ボクの顔に何かついてる？」

「え？　あっ、すみません。申し訳ありませんが、よろしくお願いしますね」

「うん。がんばるー」

ルーカスは、ぼくとカルラで話がつくと、安心したような顔を見せていた。

カルラに礼を言って頭を下げ、そしてぼくに対しては、すぐに出発の準備をするよう言ってきた。

「マコトには、またヨロイを着てもらうぞ」

「そのほうが安全ってわけだね？　でも会議にヨロイの不審者《ふしんしゃ》が交ざっていて大丈夫なの」

「大丈夫だ。私の従者ということで、集まりの外側で聞いていればよい」

中二病ヨロイは好きではないが、仕方ない。

「了解。けどルーカス、なんで急に？　何か事件でも？」

彼は表情を引き締めた。

「ああ……どうやら、人間の軍が攻めてくるらしい」

第18話　魔国の興廃この一戦にあり？

「揃ったようだな」

魔王城二百階にある謁見の間で、玉座に座っている魔王が声を発した。

その広い謁見の間には、いかにも位《くらい》が高そうな恰好の魔族が多数控えている。会議というよりも、決起集会に近い性質の集まりのようだ。

ちなみに、ついさっき魔王が謁見の間を見渡したとき、ぼくとも目が合った。

恥ずかしそうな、それでいてややムッとしたような感じで、すぐに顔をプイと逸《そ》らされてしまった。こちらはフルフェイスの兜で表情がまったく見えないので、フェアじゃないぞという抗議なのかもしれない。

「よし、では宰相。頼むぞ」

魔王が、玉座のすぐ斜め前に立っている初老の男性に声をかけた。

だいぶ髪は白色が優勢になっているその小太りの男性は、一つうなずくと話を始める。

「皆の者。我が魔国の北の拠点ノイマールに向け、人間どもが出兵予定との情報が入った」

魔国に宰相がいるということは聞いている。権力的にはかなり強いらしいが、ルーカスとの相性はあまりよくないらしい。

ルーカスのほうは宰相を特段嫌っているわけではないのだが、どうやら宰相が変人ルーカスをあまり好いていないようで、彼としてはいろいろとやりづらさがあるとのこと。

宰相の話は続く。

「情報によると、今回も先の戦と同様、攻めてくるのはイステール国、スミノフ国、カムナビ国の三か国による連合軍となる」

イステール国は、大陸中央部から南部にかけて存在する国。

スミノフ国は、大陸北部の国。

そしてカムナビ国は、大陸北東部の国。

魔国と国境を接しているのは、主にイステール国である。

「ノイマールには、近くに貴重な鉱山がある。先の戦いでも我々は鉱山を失っており、これ以上の喪失は国勢のさらなる衰退を招くであろう。しかるに、速やかに軍を現地に派遣すべきであると判断した」

軍の意思決定の仕組みがどうなっているのは知らないが、どうやら出兵することまで決まっているようだ。

「出兵に関しては、すでに魔王様も了承済みである。諸卿におかれては、我が魔国のために励《はげ》まれたい」

一斉に出席者が返事をする。

「御意《ぎょい》」
「御意」
「御意」
「御意」
「御意」
「御意」
「御意」
「御意」
「御意」
「御意」
「御意」
「御意」
「反対」
「御意」

「御意」

「御意」

……。

「ん？　今、誰か『反対』と言わなかったか？」

宰相が訝《いぶか》しげに言った。

「はい。私でございます」

出席者の視線が一点に集まる。ぼくも、その先の人物を見た。

げっ、ルーカスじゃないか……。

魔王を見ると、顔を手で押さえていた。アチャーな感じか。

「リンドビオル卿か……。反対とはどういうことか？」

「はい。〝今すぐ〟の出兵には反対ということでございます」

「……これは宰相である私や大臣たちの総意であり、決定事項である。魔王様も承認済みだ。それを軍の一参謀がこの場で覆そうなど、正気の沙汰《さた》とは思えんが」

その宰相の言葉で、魔王軍はなぜかシビリアンコントロールであることがわかった。

ルーカスは弁を振るう。

「私はいたって正気でございます。ノイマールは要塞化も不十分であり、人間の言葉を借りますと『攻めるに易《やす》く守るに難《かた》い』拠点。増援到着までもたぬ可能性すらあると思われます。ここは同胞および物資をすべて引き揚げさせ、一時的に人間に明け渡すことが最善と考えております」

場内は、にわかに騒然となった。

宰相は「そのような提案が通るわけがなかろう」と言って続けた。

「卿は最近、怪しげな術を使う人間を飼っていると聞いているが。何か悪影響を受けてはおるまいな？」

「……たしかに人間の奴隷を入れて試験をいたしておりますが。ただ、お聞きとは思いますが、その理由はその奴隷の技術が我が魔国のためになるからでございます」

参加者の何人かは、場から外れたところにいるぼくのほうをチラリと見た。

さすがに、もう知っている人もいるようだ。このヨロイの中の人が、その「人間の奴隷」であると。

「卿の父は魔国一の勇将として名高かった。その名を汚《けが》すことは賢明とは言えぬな。もうその人間から技術の吸い出しは終わっているのだろう？　早々に処刑するべきではないのか」

「なんだと!?」

いきなりの女声。

宰相とルーカスが同時に、「えっ？」と魔王のほうを見る。

魔王は慌てた様子で口をおさえた。

「あ……いや、なんでもない。気にするな」

なんだ今のは。

しかし、おそらく宰相の反応はこの国では正常なのだと思う。ルーカスのほうが異端なのだ。

「ええと、つまりだ。奴隷であっても、近くにいれば卿の精神に悪い影響を及ぼす可能性はあろう」

「いえ。悪影響を受けているという事実はないと考えます」

「わからぬぞ？　自分では気づかぬものだ」

「現在は魔王様も了承のもと、大切な試験をしております。それに、まだ技術の伝達も道半《なか》ば……少なくとも今すぐの処刑はありえません」

ルーカスは落ち着いて答えている。むしろ他の出席者が、ルーカスの不規則な言動に慌てているように見えた。

「ふむ……。まあなんにせよ、卿の態度は問題である。魔王様、このたびの戦が終わるまでリンドビオル卿には牢に入っていただきますが、よろしいですかな」

「え？　あ、ああ。まあ仕方ないな。リンドビオル卿よ。今回は牢で休んでおれ」


ルーカスはつまみ出された。

ぼくは彼を追いかけるか迷ったが、一応最後までここにいることにした。この会議が終わったら、牢のほうに面会に行くことにする。

場は仕切り直しになり、宰相が話を続けていた。

「では、将軍たちよ。作戦の総指揮を執るべき立場の軍司令長官であるが……前任者が先の戦いのあとに辞任し、いまだ空席のままである」

魔王は軍の最上位でもあるが、実際に細かい指揮をおこなうわけではない。師団長の上位で実際の指揮を執るのは、軍司令長官である。

しかし空席のままとは初耳だった。

「この有事に我こそはという者はおらぬか」

……。

しーん。

え、何これ。

「……？　誰かおらぬのか」

「はい」

一人の男が挙手をする。また場内の視線が集まる。

「おお、トレーガー卿か。参謀長を務めていた卿ならば、これまでの敗戦を糧《かて》に捲土重来《けんどちょうらい》を期することが――」

「いえ、私はその器ではありませんので。ヘスラー卿が適任であると思われます」

立候補ではなく、他薦だった。

宰相は「ほう、ヘスラー卿か。ではいかがであろうか？」と振る。

「いえ、私よりもメルツァー卿のほうが適任かと思います」

ヘスラー卿と呼ばれた人物も他薦をしたようだ。

「私よりもワーグナー卿のほうが戦上手だ」

「いや私よりフレンツェル卿が適任」

「私よりゾンバルト卿がよい」

「ルーベルト卿が適任」

「ゲイラー卿が」

「いやぁ」

宰相が顎《あご》を手でいじりながら「うーむ」と呻《うめ》く。

そして、魔王のほうに視線を向けた。

「ではお手を煩わせて申し訳ございませんが、魔王様にご指名いただきたく」

「そうか。じゃあメルツァー卿で」

「ではメルツァー卿に決定した。魔国の興廃はこの一戦にあると言っても過言ではない。よろしく頼むぞ」

「むむむ……謹《つつし》んでお引き受けいたします」

この人たち、大丈夫なのかな……。

前司令長官が辞任というのは、おそらく敗戦の責任を取ったのだろう。だが、後任を決める時間はいくらでもあったはずだ。この感じだと、ずっと辞退合戦になっていて決まらなかったのだろう。

まだ戦いは始まってもいないが、現在のところ不安しかない。

魔国が滅ぶと、せっかく開業したうちの治療院も潰《つぶ》れてしまう。なので、魔王軍には頑張ってもらわないといけないのだが……。

第19話 牢にて

集まりが終わり、ぼくはルーカスがぶち込まれた牢へ面会に来た。

「あの場は空気読んだほうがよかったんじゃないの……」

「ふん。正しいことを言って何が悪い。おびき出されて出兵したところで負けは見えている」

この人、世渡りは下手そうだ。宰相にもあまり良く思われてなさそうだったし。

「ふーん。でもさ。こんなこと言っちゃいけないかもしれないけど。負けたらルーカスが正しかったって証明されるわけだし、宰相もルーカスの言うことを聞いてくれるようになるんじゃない？」

もちろん冗談ではあるが、そんなことを言ってみた。

「ふふふ、甘いぞマコト。人間の歴史書に学べば、このようなときは予言が当たって敗退したときのほうが私の身は危ないのだ」

「そうなの？」

「うむ。負けると心の余裕がますますなくなるからな」

そう言われれば、似たような話を聞いたことがある。三国志の田豊《でんほう》という人物のエピソードだ。

田豊は今回のルーカスと同様、主君だった袁紹《えんしょう》の出撃を諫《いさ》めて投獄された。その戦は敗れ、ある人に「君の予想どおり敗北したので、今後君は重宝されることになるだろう」と言われたのだが、田豊は「それは逆だ」と言ったらしい。実際、敗戦で心の余裕をなくした袁紹は、とってつけたような理由で田豊を処刑したとか。

あ……看守が来た。

「リンドビオル卿。何か必要なモノがありましたら持ってきますが」

「必要なモノか。ふふふ、この牢の合鍵だ」

「まったく。相変わらずですね」

角ばった帽子をかぶったその看守は、女性だった。まだ若い。ルーカスと同じくらいの歳《とし》だろう。

そして、なにやら彼と仲がよろしいようである。

「何？　看守さんと知り合いなの？」

「ふふ、内緒だ」

「なんだそりゃ」

「ああ、リンドビオル卿は何度もここに入れられてますので。看守は全員、顔見知り状態ですよ」

看守が記録帳のようなものを持ってきた。

どれどれ……。

二年前。魔王城低層の商業施設化を提案して投獄。

一年前。風俗ギルドの認可を提案して投獄。

半年前。漫才ギルドの認可を提案して投獄。

「何これ……」

「ふふふ、すべては魔国と魔王様のためだ」

「これでよくクビにならないね」

「人材不足の魔国で、私のような有能を切ることなどできまい」

「ハイハイ」

どうせ毎回、魔王が庇《かば》っていたのだろう。

「ところで、ヨロイさんはリンドビオル卿のご友人ですか？」

「あー、ぼくは……その、なんというか」

「そいつはマコトという名の奴隷だ。ちなみに人間だからな」

「えええええっ！」

あーあ、言っちゃったよ。

まあ……もういいのかな。人間の奴隷がいるというお触れは回っているはずだし。

だが、看守はやはり驚いたようだ。大きくのけぞり、そのまま腰が抜けたのか床に崩れてしまった。

帽子が転がり、長く豊かな赤髪が散るように広がる。

「大丈夫か？　初耳ということはないはずだが」

「たしかに聞いてはいますが……隣にいたらびっくりしますって」

「ふふふ。マコト、顔を見せるとよい。顔を見れば彼女も安心するだろう」

ルーカスがニヤニヤしながらそう言うので、兜を取った。

「どうだ、これで安心しただろう？」

「た、たしかに」

なんでだよ、と心の中で突っ込む。

そして、安心したはずの看守だが……床に転がったまま立ち上がらない。

「あ……痛っ。な、なんか立てなくなったんですが」

のけぞったときにピキッとやったか。ぎっくり腰だな。

「私が治癒魔法をかけよう。格子の前に来るとよい」

看守は芋虫《いもむし》のように体をくねらせて、格子の前に移動する。ルーカスが手をかざした。

「どうだ？」

「……うっ、すみません、あまり変わらないようです」

「ふむ。ではマコト、出番のようだな。ふふふ。ここでマコトの施術が受けられるとは幸運だな。人間ではこのようなことを『怪我の功名』と言うらしいぞ」

ルーカスは笑いながら、出番であると簡単に言うのだが。

「うーん。効果があるかはわかりませんが、やってみましょう」

ぎっくり腰の施術というのは、実はかなり難度が高い。世間ではだいぶ勘違いされているが、ぎっくり腰については、多くのケースでマッサージはするべきでないのだ。

ぎっくり腰の原因は、筋断裂、椎間《ついかん》関節の損傷、靭帯《じんたい》断裂など、いろいろなケースがある。そしてその〝いろいろ〟の多くは、組織の損傷によるものである。

組織の損傷は「外傷」、つまり怪我である。怪我であれば、マッサージで治すことは不可能だ。損傷箇所を強く揉んだりしたら、ますます炎症が強まり悪化する。

ただ……。

今は、ルーカスがすでに治癒魔法をかけたあとである。彼の魔法は自称魔国一のクオリティ。それでも取れない痛みとなると、原因は組織の損傷ではない可能性が高い。さっきの治癒魔法が、そのまま鑑別の材料となっているのだ。

施術でよくなる見込みはありそうだ……と思う。

「じゃあ触ります」

いきなり腰は触らない。横向きのまま、まずは体の正面側。下腹部から骨盤内側、ソケイ部にある腸腰筋《ちょうようきん》という筋肉と、腹筋を施術していく。腸腰筋は手が滑ると股間をまともに触るので注意である。

「はぁぁぁっ、なんかっ、不思議なっ」

「そうだろう？　手に仕掛けはないのだがな」

あとは太もも内側の内転筋《ないてんきん》。これも、ぎっくり腰のときは施術するとよいと言われている。

「うあああ――」

そしてお尻と腰。激しくは揉まず、手のひらをなるべくつけて安心感を与えることを重視する。

「はあああああっ――――！」

そして最後に、仰向けになってもらう。

両膝を立ててもらい、その膝の少し下あたりを手で押さえ、胸に付けるようにストレッチする。

こちらの勘が正しければ、これで多少良くなる気がする。

「どうですか？」

「ハァハァ……あ、少し良くなった。立てる……」

恐る恐るではあるが、看守は自力で立ち上がった。

よかった。勘が当たったようだ。

「キミ、凄《すご》いな！　人間なのはもったいない。ぜひ魔族に――」

「それ、他の人からも言われましたけど。種族は変えられませんって」

また種族ショップの夢を見そうだ。

＊＊＊

「で、どうするの？　ルーカス。軍は準備ができ次第出発らしいけど。大丈夫なの？」

「うーむ。大丈夫ではないかもしれないな」

ルーカスとは結構な頻度で顔を合わせているので、その表情の変化には気づきやすくなっている。今の彼の顔には、少し不安げな色も浮かんでいた。

「やっぱり、そうなんだ？」

「うむ。まずい気もするな。戦には魔王様も行かれるだろうからな。勇者が本陣に突入してきて、危機に陥ることがないとも限らない。やはり私も付いているべきだろう」

「どうしよう」

「脱走するか。おそらく魔王様には赦《ゆる》される」

「え？」

ルーカスは看守に向かって話しかけた。

「看守よ。脱獄したいので鍵を貸してくれ。これも魔国のためだ」

「そんなことしたら私が罪になります。ご自身でご勝手にどうぞ。どうせ、あなたならすぐ破れるんでしょ？」

「ふむ、冷たいな」

ルーカスは苦笑いしながら、牢にかけられた錠に両手を近づけた。

……次の瞬間、あっさり錠が外れて床に落ちた。

何をしたのか、さっぱりわからなかった。

「今……何したの」

「今のは、火魔法で錠を溶かしたのだ」

「火なんて見えなかったけど」

「金属を溶かすほどの高温の火は、目には見えづらい。一点に集中すれば、なおさら見えないだろうな」

「ちょっと凄いと思っちゃった」

「ふふふ、私の魔法は魔国一のクオリティだ」

「ハイハイ。それで、ぼくはどうすればいいの」

「お前も来てもらう。すでに、施術で魔力回復が早まるというのは証明済みだ。申し訳ないが、治療院は戻ってくるまで臨時休業だな」

「わかった」

もちろん、異議はない。兵士はすでに一個師団が治療院の患者。他の師団もこれから患者になる予定だ。自分が行くことで一人でも生きて帰れるようになるなら、志願してでも行きたい。

「……徹夜で働いてもらうことになるかもしれないが。頼むぞ」

「それは望むところ、かな」

閑話 大陸一の強国、出陣準備を整える

魔国ミンデアと国境を接する人間の国、イステール。

広大な国、恵まれた気候、豊かな動植物相、肥沃《ひよく》な土壌、他国を圧倒する人口……。このクローシア大陸では一番の大国として知られている。

そのイステールの王都にある城の謁見の間にて、全身を白い鎧《よろい》で固めた一人の人間がひざまずいていた。


「いよいよ明日出陣だな、勇者よ」

玉座にいる立派な服を着た壮年の男が、白いものが交じっている髭を触り、笑いを顔に浮かべながらそう呼びかけた。

「はい、国王陛下。騎士たちも士気ますます旺盛にございます」

勇者と呼ばれたその人間は、顔もほとんど覆ってしまう兜《かぶと》を着けているため、その表情はわからない。だが国王とは対照的に、高く、だがそれでいて力強さのある、凛《りん》とした声でそう答えた。

人払いをしているのか、左右に立ち並んでいる警護の騎士たちの姿はなかった。勇者の他には、玉座の国王、その隣で立っているマントと胸当てを着けた、いかつい顔の男がいるだけだ。

「勝利は疑っておらぬ。どれだけ圧倒的に勝つか、だ」

「承知しております」

「指揮を執るのはここにいる将軍であるが、先陣を切るのは勇者であるお前だ。その働きが何よりも重要となるだろう」

「光栄にございます。必ずや、圧倒的勝利の報を持ち帰ります」

勇者がひざまずいたまま、その体をわずかに動かしながら頭を下げた。高い窓から差す光を反射し、全身を覆う鎧がそのまばゆい白色をあらためて主張する。

「明日の出発前にあらためて騎士たちを鼓舞いたしますが、いつもどおり陛下からの激励のお言葉を最後にお伝えいたしますゆえ、今回も頂戴できますと幸いです」

「ああ、そうだったな」

国王は「では、これでいくか」と言ってまた笑った。

「戦で大切なことは三つ。魔族を殺せ、魔族を殺せ、魔族をもっと殺せ——だ」

「かしこまりました。ありがとうございます」

「期待しておるぞ」

いつもであれば、これで出陣前の謁見は終了。勇者は引き下がっていた。

しかし、今回はそうではなかった。

「ありがとうございます……。ところで陛下、今回は少々懸念されることが」

「なんだ？」

「私もここのところ城から離れて留守にしておりましたので、本日他の者から耳にしたのですが……。少し前から出陣準備および目的地の情報が、巷に漏れて話題になっていたようです」

「ああ。まあそうだろう。余の命でわざと漏らしていたからな」

「えっ？」

その声には素直な疑問が乗っていた。顔もわずかに持ち上がる。

「巷で話題になっていれば、出入りしている行商のドワーフ経由で、魔国にも漏れる可能性が高くなるだろう」

国王は表情を変えていない。相変わらず、その白いものが交じっている髭を時折いじりながら話している。

「魔国に戦上手がおらぬことは、これまでの戦が証明しておる。ならば、魔国の増援部隊が出てくれば出てくるほど良い。我々がおこなっているのは、正確には戦争ではないのだからな」

「戦争ではない？」

国王は「そうだ」と軽くうなずいた。

「これは戦争ではなく、駆除《くじょ》だ。魔族をこのクローシア大陸から駆除する作業……ならば、できるだけ奴らを数多くおびき出したほうが効率的だと思わんかね」

その淡々と、それでいて楽しそうに話す声が、広い謁見の間でいつも以上に残響した。

第20話 ノイマール戦役

ルーカスとぼくが魔王城近くの駐屯地へ到着したときには、もう軍は準備を整え、いつでも行軍できる状態になっているようだった。

司令部があるであろう最奥部へ、まっすぐに向かっていく。

ぼくは出陣の準備が整った軍を初めて見るので、ジロジロと左右を見ながら進んだ。馬も見かけるが、やはり歩兵が圧倒的に多い。

戦闘になれば火魔法や氷魔法での攻撃がメインになると以前に聞いていたが、各自腰に剣も差しているようだ。おそらく魔力切れに備えてということだろう。そして防具は、比較的重装備の者でも、薄くて軽そうなチョッキ型の革鎧を着けている程度だ。

「軽装の兵士が多いね」

「前にも言ったかもしれないが、鉄が貴重なのでな。本当はお前が今着ているヨロイを量産できるとよかったのだが」

「人間はどんな感じなの？」

「我々よりも鉄装備は多いが、やはり動きやすさを重視している兵が多い印象だな。我々のように魔法は使えないから、遠隔攻撃は弓でおこなっている」

どうやら、鉄砲はまだ発明されていないということでよさそうだ。


「魔王様。ただいま参りました」

「リンドビオル卿か。脱獄が早いな」

「私がいたほうが魔王様の御身が安全と判断いたしました」

魔王は「そうだな」と、少しニヤリと笑った。

「とりあえず魔王の特権で恩赦としておこう」

「ありがとうございます」

「だが今回は、司令部の警護ということでついて参れ。作戦自体は司令官であるメルツァー卿や他の参謀たちに任せるがよい。そうしないと、あとで宰相のディートリヒがうるさいからな」

「はい、心得ております」

どうやら、宰相はディートリヒという名前だったらしい。彼は軍には同行していない。魔王城でお留守番である。

「お？　マコトも来るのか？」

少し離れて見ていたぼくに、気づいたようだ。

「はい」

「おお、それは便利だな」

一段高くなった魔王のその声を聞くと、ルーカスがぼくのほうを見てフッと笑う。

そしてまた、魔王のほうを向いた。

「魔王様……あくまでも彼は兵士の回復のために連れてきております。申し訳ございませんが、私的利用はお控えあそばされますよう」

「ちっ」

「……」

私的利用とはなんぞと思うわけだが。まあ、ルーカスも半分茶化しているのだろう。

魔王軍はノイマール救援のため、王都ミッドガルドを出発した。

現在動かせる第二師団、第三師団、第六師団、第九師団、第十師団の、計五個師団。魔王直轄の親衛隊も含め、総勢約一万六千人の軍勢となる。

ノイマールは、大きな内海の南西岸に位置している都市である。内海を挟んで北はスミノフ国、東は陸続きでイステール国にも近い距離にある。

今回、海からはスミノフ船団からの攻撃が予想されている。それだけであれば十分に耐えきれると見込まれているが、東からもイステールおよびカムナビの大軍が侵攻準備を整えているらしい。さすがにそれは耐えきれない。

よって、陸路の大軍がノイマールを攻撃するところを見計らって背後から叩こう――それが司令長官メルツァーや参謀長トレーガーが立てた作戦らしい。

が……。

「そのような展開にはならない気がする」

ルーカスは行軍中、ぼくのヨロイの耳元でこっそりとつぶやいていた。

ノイマールは防御が薄くて守りづらい拠点であることは、人間側にも知られている。そのため、援軍の魔王軍を放置してノイマール攻略を優先させるとは考えにくいという。

おそらく人間の大軍は途中で進路変更し、こちらに向かってくる。ノイマールに行く途中で会戦が発生する可能性が高い。それがルーカスの予想だ。

「人間の大軍が進路変更した模様です！　こちらに向かっています！」

偵察兵が、司令部に飛び込んで叫んだ。

ルーカスの予想どおり。司令部の目論見《もくろみ》は外れた。

「むむ……では、前線基地を設営して野戦の準備を」

メルツァーがつぶやいた。四十代くらいに見えるその壮年の司令長官。その表情には、やや焦《あせ》りが見える。

今回、彼は師団長から魔王軍司令長官へと、明らかに不本意ながら昇格した。しかし、敗戦となると責任を取らされるはず。本人のやる気は十分である……と信じたい。

＊＊＊

人間の軍との戦闘が始まったという報告が、司令部に入った。

ノイマール南東の平原で、会戦勃発である。

伝令の絶叫によると、魔族側の魔法攻撃と人間側の弓兵の撃ち合いからスタートしたようだ。

「マコトよ。ここには負傷者や、攻撃魔法隊で魔力が尽きた者が次々と来るだろう。お前はその者たちや、治癒魔法班の魔力回復を助けるのだ」

「うん。わかった」

司令部から少し離れたところに仮設された、救急および魔力回復休憩所へと移った。ヨロイ姿のぼくだけだとビックリされる恐れがあるので、ルーカスも一緒だ。

しばらくすると、魔力切れの攻撃魔法隊のメンバーが次々とやってきた。

「では施術していきますね」

――魔力回復が早まる効果が証明されている。怪しい術ではないので安心してほしい。

そうルーカスが説明したのち、施術を始めた。

合戦にそぐわない「アアアーッ」という声が、休憩所に響き渡る。

とにかくここでは数をこなすことが重要だと思う。座位で五分程度の施術を次々と施していく方針にした。

施術内容については、短時間で最大の効果をあげるべく、経穴《けいけつ》の刺激をメインとする。

ぼくは人間なので、魔力のことはよくわからない。よって、ツボの選択は完全に勘だ。回復に効果がありそうなものを適当に選択した。

足裏の『湧泉《ゆうせん》』、下肢の『足三里《あしさんり》』、手のひらにある『労宮《ろうきゅう》』、後頭部にある『天柱《てんちゅう》』、そして革の胸当てを着用していない兵士にはお腹にある『関元《かんげん》』や『気海《きかい》』なども刺激していく。

「……凄いな。たしかに普段よりずっと魔力回復が早い気がする。ヨロイよ、お前は何者だ？」

その兵士の質問に、どう説明しようか迷っていたら、離れたところに座っていた兵士が「あ！お前、マコトじゃないか？」と言ってきた。

知っている顔だ。

「そいつはマッサージ師ってやつなんだ。生きて帰ったら、お前もそいつの店に通うといい。凄いぞ」

すでにうちの治療院に通っている兵士が、ぼくのかわりに説明してくれた。

もちろん面倒な事態になるのは避けたい、という理由だったのかもしれないが……ぼくが人間であることに触れなかったことが、なぜかとても嬉しく思えた。

火魔法の轟音、叫び声、金属音。無数の足音。おそらくいろいろなものが交じっているであろう合戦の音が、先ほどよりも少し激しく聞こえるようになった。

救急および魔力回復休憩所には、魔力切れだけでなく負傷者も次々と送られてくるようになった。

治癒魔法班が回復をおこなっているが、すぐに治癒魔法が間に合わなくなったようだ。ルーカスも魔王に一声かけたのち、治癒魔法班に交じって手伝い始めた。

ぼくも引き続きひたすら施術して、攻撃魔法隊のメンバーを前線に送り返していく。

すぐ近くということで、司令部のほうの様子も聞こえてくる。

「申し上げます！」

という声が聞こえた。伝令が飛び込んできたようだ。

「第三師団、崩壊しました！」

……早い。

まだ始まってそんなに時間は経っていないのだが。大丈夫なのか？

そして間をおかず、別の伝令の声が聞こえてくる。

「第六師団、崩壊しました！」

……？

「第二師団、崩壊しました！」

「第十師団、崩壊しました！」

よえええええ！

第21話　対決　参謀ルーカスVS勇者

五個師団のうち、四個師団があっという間に崩壊した。

「ちょっとルーカス、なんなのこれ……」

「いつものパターンといえば、そのとおりだ」

「……」

さすがのルーカスも、苦々しい表情になっている。

残った師団は……。

「第九師団はまだ持ちこたえているようだな、マコト」

うちの治療院に通っていた師団だ。

だが、今は考察どころではない。作戦続行は不可能だろう。ひとまず、軍としては退却の判断をするしかないような気がする。

司令長官と参謀長のほうを見ると、まさにその決断を下すところだった。

「まだ持ちこたえている第九師団を殿軍として、全軍退《ひ》こう」

司令長官メルツァーの指示で、軍は撤退作戦へと移行した。

司令部および残存兵力は、ノイマールの南に位置するリンブルクという城塞都市まで引き揚げることになった。孤軍奮闘の第九師団宛にも、すぐに伝令が飛んだようだ。

司令部もバタバタと撤退準備に入った。ここは戦傷者もいるため、かなり大変だろう。

「マコトよ。私はまだここに残るが、お前は先に行くとよい。ここはすぐに危なくなる可能性が高い」

ルーカスはぼくにそう言ってきた。

もちろん、答えは一つだ。

「ぼくも残るよ。まだ手伝えることはあると思うからね」

「そうか。その気持ちだけでも、幹部の私としては嬉しいが」

そう言うと彼の顔から笑いが消え、真剣な表情になった。

「だが、撤退の瞬間というのは非常に危険なのだぞ。私はなんとかなるとしても、お前は特に戦闘能力を持たぬだろう？　お前には、これからも魔国のために大切な役割を振るつもりでいる。万一ここで戦死されてしまうようなことがあると、非常に困る」

彼はなおも避難を勧めてくる。

ぼくには戦のことなんてわからないが、ルーカスはずっと軍人をやってきた。だから、彼の言うことは正しいのだろうとは思う。

ただ、マッサージ師だって医療従事者の端《はし》くれだ。戦傷者がまだいるのにスタコラサッサはありえない。

回復が間に合わない人を担架に載せる作業だって、人手がいる。魔力がカラになった治癒魔法班の人の魔力回復だって、手伝いたい。それらも仕事のうちだと思う。

それに――。

「殿軍として残るのは、うちの治療院に通ってくれている兵士たちだよね？」

「まあ、そうだな」

「なら、なおさら真っ先には帰れないよ。ギリギリまで残らせて」

ルーカスは一瞬だけキョトンとした顔をしたが、そのあとにフッと笑った。

「そうか。ならばよろしく頼むぞ」

＊　＊　＊

魔王以下、司令部にいた幹部、近衛兵らは撤退した。

戦傷者の治療、引き揚げも終わった。すでに司令部および隣の救護スペースには、誰もいない。

なんとなく、その跡を見渡してしまう。大慌てで撤退したため、物が散乱してとんでもない状態になっていた。

「ご苦労だった。しんどかっただろう」

ルーカスが隣でそんなことを言う。ねぎらってくれるのは嬉しかったが、ぼくは首を振って答えた。

「ぼくはマッサージ師だよ。役に立てることが一番嬉しいんだ。しんどいなんて全然思わないって」

仕事がないこと。みんなに必要とされないこと。それが一番つらい。

新宿にいたときは、その状態に近かったが……。

「ふふふ、お前は働き者なのだな。では行くぞ」

「うん」

ルーカスがそう言って動きだそうとしたその瞬間――。

「魔王はどこだ！」

そのやや高い声とともに、司令部跡に人が現れた。

数は五人。全員鎧装備で剣と槍《やり》を持っている。

そして――。

中央の一人は顔がほとんど露出しないタイプの兜なのでわからないが、少なくとも他の四人は……おそらく目の色が青と真っ黒。赤成分はない。

人間だ……！

「お前は幹部か！」

中央の人間が、ルーカスに向かってそう叫んだ。

この声の高さ。女性、なのか……？

他の四人とは異なり、白く輝く立派な装備で身を固めている。鎧には紋章が付いており、ただならぬ雰囲気だ。勇者とやらだったり……しないことを切に願う。

呼びかけられたルーカスは、初めてこの世界の人間を見て硬直しているぼくとは対照的に、司令部跡を洗っている風で金髪を揺らしながら、微笑を浮かべて立っていた。

「ほう、勇者か。まあ、私は魔王軍の参謀なので幹部だな」

あっさりぼくの願いは退けられた。勇者だったようだ。

全身、血の気が引くのを感じた。

ルーカスが手振りで、ぼくに下がるよう合図する。

そして彼は、少し前に出た。ゆっくりと。

その分、勇者以外の四人が後ずさる。

「魔王様はもうここにはいない。残念だったな」

「……！」

「今回も我々の完敗のようだ。すでに魔王様も、私以外の幹部も引き揚げている。もう今回の会戦は終わったと言ってもよい。お前たちも帰ったらどうだ？」

「ふざけるな。目の前に幹部の一人がいて見逃せるわけがない」

当たり前だが、戦う気のようだ。

「私の名は勇者オーレリア。お前の名を聞こう」

勇者は剣を構えたまま、そう名を名乗った。

「名乗るほどの者ではない、と言いたいところだが。お前の反応が面白そうなので教えようか。私の名はルーカス・クノール・リンドビオルだ」

ルーカスのほうは剣を抜かず、悠然と立ったまま答えた。

「リンドビオル……まさか……」

「そうだ。私はお前が殺した将軍、アレクサンダー・リンドビオルの息子だ」

そう言うと、ルーカスは片方の手のひらを上にして、顔の高さに上げた。

この展開、もう何がなんだかわからない。ぼくはただ、目の前のやり取りを見ていた。

「五人いるようだが。すぐに私とお前の一対一での勝負になるだろうな。あとの四人は〝これ〟で戦闘不能だろう」

手のひらの上には、何も出ていないように見える。

〝これ〟とはどういうことだ？　と一瞬思ったが……。

ヨロイを着ていても、外からの熱を感じた。

これは……。

ルーカスが手のひらを上げている上……よりも、もっと上。

上の空中。

……!?

巨大な火炎の塊《かたまり》が、そこにあった。

球形ではない。燃え盛っているのでわかりづらいが、筋肉質な巨人のような形にも見える。

左右に飛び出しているように見える火の突起は……角？

五人のうち、一番右側にいた人間が震える声でつぶやいた。剣を構えてはいるが、ジリジリとすり足で後退している。

「い……イフリート……」

イフリート。神話に出てくる火魔神だが……。

離れていて、かつフルアーマーのはずのぼくの体。それでも、ヨロイの隙間からチリチリと焼か

れるような感覚がある。

熱い。

味方であるぼくも、強い恐怖を感じた。ましてや、敵であるあちらの人間の恐怖やいかにである。

ヤバい……。

ルーカスがヤバい。

魔族に魔神を召喚する魔法があるとは聞いていない。彼だけは使えるということなのか？

「魔国最高のクオリティと名高い私の魔法……とくと味わうがよい」

そう言うと、彼は上げた右手を振り下ろした。

第22話 ぼくは、人間

空中の火炎の塊から、火炎の棒のようなものが無数に発射された。

それはまるで、火魔人が怒り狂って火の槍を投げつけているようにも見えた。

そして火炎の塊本体は人間たちのど真ん中——勇者めがけて高速で突入していく。

勇者が腕を交差させて顔を覆うところまでは、見えた。

しかし直後、爆発のような大きな音がして、思わず目をつぶってしまった。

……。

爆音が消えた。

フルフェイスの兜なので安全なのだが、恐る恐る目を開ける。

な、なんだこれは……。

一面、燃えている。

木、草、そして散乱したゴミだろうか？　何が燃えているのかわからないほど、一面燃えている。

景色が様変わりしすぎていた。テレポートしたと言わたら、信じてしまうかもしれない。

……そこに悠然と立っている金髪長身の魔族と、踏ん張って腕を交差させたままの勇者がいなければ。

他の人間四人はいない。

ぼくの少し前方の地面に、剣が落ちていた。彼らが持っていたものが爆発で飛んできたのか？

勇者以外は全員吹き飛んだのだろうか。

あ、いた……。

四人とも、勇者が立っている位置からかなり離れて、放射状に倒れていた。

体からは黒煙が上がっている。ピクピクとはしているが、今すぐ起き上がるのは不可能に見える。

「やはり勇者だけは耐えたか。さすがだな」

ルーカスは自らつくり出した光景を眺め、そう講評した。

勇者が腕を顔の前から外す。よく見ると、少し鎧から黒煙が出ていた。

「……この化け物がっ！」

眼前の景色を見るや否や、勇者が叫んでルーカスに斬《き》りかかった。速い動きだ。

ルーカスは右手を動かし、魔法で――。

……あれ？

彼は魔法を撃たず、その右手で剣を抜いて勇者の一撃を受けた。

一転して、剣技のみでの戦いが始まる。

なぜ？　魔法はどうしたんだろう。まさか……。

ぼくは不安になり、近くの地面に落ちていた人間の剣を拾って手にした。

やはり、単純な剣技のみの勝負では分が悪いようだ。素人目にもルーカスは押されている。

危ない。

ぼくも加勢しないと。剣なんて、初めて握るけど……。

勇者の振り上げで、ルーカスの剣が弾かれた。

ぼくはその一瞬前から飛び出していた。

勇者が振りかぶった。

――間に合う。

大きな金属音がした。

ルーカスと勇者の間に割り込んだ剣。そこで、勇者の剣が止まった。

肘や肩まで衝撃が伝わる。それは関節が壊れたかもしれないと思うほど、激しいものだった。

「邪魔をするな！」

勇者は、止められた剣を横に払ってきた。

その剣の動きは速く、とても対応できるものではなかった。

絶対にしてはいけないことなのだろうが、目をつぶってしまった。

「うあっ！」

ガキンという金属音。同時に首への強い衝撃と、そこから走る電気のような痛み。

そのままぼくは後方に吹き飛ばされた。

――しまった。兜が。

攻撃をまともに食らった兜が外れ、地面に寝転がったぼくの側方に落ちていた。

頭を守るものがなくなったが、追撃を防がなければならない。なんとか立ち上がり、素顔のまま勇者と対峙《たいじ》する。

……が、追撃は来なかった。

「お、お前は……人間……？」

そう言って、勇者の動きが止まった。目の色でわかったのだろうか。

「うん。ぼくは人間だよ」

「な、なぜ……」

口元も兜で隠れているため、表情はわからない。だが勇者は一歩、二歩とジリジリ下がっていく。

明らかに動揺している。チャンスだ。

ぼくは兜を拾い上げた。

「ルーカス！　逃げよう」

ぼくは彼の返事を聞かないまま、彼の腕を取った。

そして背後の、森が深そうな方向へ走りだした。

＊　＊　＊

しばらく、森の中を必死に走った。

最初は明るかった景色だったが、徐々に鬱蒼《うっそう》としてきた。

「マコトよ。おそらくもう大丈夫だ。勇者はヤケドの四人への看病もあるので、追撃できないだろう」

「うん」

ぼくらは全力疾走をやめ、歩くことにした。

「ルーカス……さっき、魔力切れたんでしょ」

「ふふふ、バレては仕方ない。お前のおかげで助かった。感謝する」

なんでニヤニヤしているんだ、この人は……。

彼はずっと治癒《ちゆ》魔法班の手伝いをしていた。勇者とやり合ったときは、最初から魔力が枯渇気味だったのだろう。

「魔力がないのにあんな派手な召喚魔法を使うとか、どういう神経してるの」

もっと他に魔法のチョイスがあったのではないだろうか。さっきのは派手なだけで、エネルギー効率は悪そうな魔法だった。

「む？　召喚魔法？」

「違うんだ？　火魔神みたいな姿してたから。イフリートってやつに見えたけど」

「ああ、あれはただの火魔法だぞ？」

「えっ、そうなんだ？　とてもそうには見えなかったけど」

「ふふふ、私は魔法の扱いが自由自在すぎてな。私の手にかかれば炎もあのように美しい姿に整形できるのだ。そして、凝縮させたり爆発させたりすることも意のままだ」

「あ、アホや……」

なぜ、親の仇《かたき》を目の前にして芸術性を重視しているのか。

「ふむ。よいところを見せようとして、張り切りすぎてしまったかな」

「じゅーぶんに反省してちょうだい……」

やっぱり戦場でも普段の様子と同じだ。少し抜けている。

「しかし、私からするとお前も十分に不可解だったが」

「なんで？」

「人間と戦うことに……躊躇はなかったのか？」

「あー。そういえば、なかったね。なんでだろう。それどころじゃなかったからかも？」

それは本当だった。そんなことを考えている場合ではなかった。

まあなんとなく、じっくり考えたとしても結果は変わらなかった気もするが。

「ふむ、そうか。ところで」

「うん？」

彼が足を止めたので、ぼくも立ち止まった。

なんだろう？　そう思って彼を見たとき、どこからかクォーッという音が聞こえた。

それはぼくの感覚では、鳴き声というにはあまりにも太く、奥行きのあるものだった。かなり離れた距離から聞こえてきていたと思うのだが、腹まで響いてくるような気さえした。

「このような深い森の中はな、我々魔族も、人間も、あまり少人数では立ち入らぬものだ。獰猛なモンスターが出て危ないからな」

……。

「そういうのはああ！　早く言ってぇえ！」

第23話　温泉

ここの森については、ルーカスも抜ける道はわからないそうだ。

無理に今いる場所から突っ切ろうとして迷ったり、モンスターに囲まれたりすると危ない。仕方なく、来た方向に戻った。

元の場所にまだ勇者たちがいるのではないか？

ぼくはそう思い、念のため森を抜ける直前でルーカスに施術をし、魔力を回復してもらったのだが……。

「倒れていた四人も、一応歩けはするだろう。いつまでも居座ることはありえない」

と、彼は余裕綽々《しゃくしゃく》だ。軍人としての経験からくる勘か。

「ほら、誰もいないだろう？」

「ほんとだ」

魔王軍の司令部跡は、彼の言うとおり誰もいなかった。焦げた景色と匂いだけが残っていた。

「では、ここから東の方向に行こうか。街道に出られる」

戦闘中はあまりじっくりと見る余裕がなかったが、このあたりは王都のあたりに比べるとだいぶ緑が豊富だった。広がる丈《たけ》の低い草原に、影を前方に長く延ばしながら、東へ歩いた。


街道に出た。

ここを南に下っていくことになるのだが、リンブルクという城塞都市まではかなり距離があるそうだ。

「日が沈む前にたどり着けそうもないな。どこかで野営の準備をするか」

しばらく歩いていると、ルーカスはそんなことを言いだした。

「ええっ？　夜通しで歩かなくていいんだ？」

「ああ。暗いとかえって危険だ」

えらくマイペースである。

もう作戦は中止になった。軍は引き揚げ、ノイマールは放棄が決まっている。夜通し走って急いで帰る必要はないということだろうか。

しかし、気になることが。

「ここ、イステール領にだいぶ近いよね？　大丈夫なの？」

「ふふ、大丈夫だ。このあたりには詳しいのでな」

彼は「こっちだ」と言い、左手――東の方角を示した。

ぼくたちはまっすぐ歩いていた街道から外れ、その方向に進んだ。

するとしばらく歩いたのち、小さな川のすぐそばの岩場に、人が入れそうな大きめの横穴があった。

「ここなら安全だろう」

「へー、こんなところにちょうどいい穴が」

今日はここで野宿ということになった。

「なんか、頭と顔が砂ぼこりでザラザラする。前の川で水浴びしてこようかな」

歩いているときは気にならなかったが、じっとしているとかなり気になってくる。

「ふふふ、私が魔法でお湯を――」

「湯船がないでしょうが……」

「おお、それは盲点だった」

あのさ、そういうのってわざとボケてるの？　ネタなの？　思わずそう問い詰めたくなった。

「ふふ……そういうことであればだ。この岩場を東方向に少し行くと温泉がある。そこに行くとよい。私は、昔このあたりをよく歩き回ったのでな。まだ覚えている。下手をしたら誰も知らないかもしれないものだ。そのあたりは凶暴なモンスターもいないし、人間の見回りに遭遇する可能性も低いだろう。冷たい水よりも、温かいお湯に浸かったほうが疲れも取れるぞ」

なんと、すぐ近くに温泉があるようだ。ぼくは彼の勧めどおり、浸《つ》かりに行くことにした。

「ルーカスは？」

「そうだな。では、お前が行って安全なようだったら私も行こうかな」

なるほど。

大丈夫だろうとはいっても、やはり魔族であるルーカスはこのあたりで安易に動き回らないほうがよい。たしかに、それくらい慎重であるべきだとぼくも思う。

「わかった。なるべく早めに帰ってくるね」

＊　＊　＊

本当だった。岩場に囲まれて泉がある。

湯気で景色が白っぽい。奥がよく見えないので大きさはわからないが、結構大きいと思う。

泉に手を入れてみる。うん。ちょうどよい温度だ。ルーカス、グッジョブ。

さてと、ヨロイを脱ごうかな。まず兜からっと。

「お、お前は……！」

いきなり、女性の声が斜め前から飛んできた。

不意打ちだったので、体がビクンとなった。

声の方向を向くと……泉の湯気の中に、人が！

「あっ、ご、ごめんなさい！」

慌てて後ろを向き、泉から少し離れた。鼓動が急に激しくなる。

まさか先客がいるとは思わなかった。もっとしっかり確認すれば良かった。

「わざとじゃないんだ。急ぎじゃないんで、あとで出直すよ」

後ろ向きのまま言い、一度この場をあとにしようとした。

「あ、待って！」

「え？」

「少し、き、聞きたいことがあるんだ」

「……？　いいよ。こっちは後ろ向いたままで聞くから。何？」

「ぬ、布巻いてるから……こっち、来てもらって、大丈夫、だよ」

いや、話を聞くだけなら後ろ向きのままでいいから——そう言おうとしたが、何かわけありな気がしないでもない。言うとおりにすることにした。

恐る恐る振り返り、慎重に近づいていく。

そして目線が高くならないように、泉のすぐそばでしゃがみ込んだ。脱いでいた兜を、横に置く。

女性は、ちょうど胸のあたりまでお湯に浸かっている。布は胸を隠すように巻かれていた。

……。そこに目線がいったのは、もちろん変な意味はない。が、すぐに失礼だと思って目線を上にずらした。

さっきは慌てていてよく見ていなかったが、おそらくぼくよりも少し若い。顔を見る限りでは、十代後半の女の子に見えた。ショートと思われる髪は裾が濡れており、肩に雫《しずく》を垂らしていた。黒髪のように見えるが、ぼくほど真っ黒ではない。少しだけブラウンが入っているのだろう。

「ええと……お前、じゃない……き、キミは人間なんだよね？」

女の子は引っかかりながら話しかけてきた。胸に布を当てているその両手も、指が小さく動いている。少し緊張しているように見えた。

「そうだけど？」

「人間なのに……魔国の、兵士なの……？」

……？

「ん？　いきなり変なこと聞くね。どこから魔国だの兵士だのが出てきたの」

「あ、ああ、いや、その……ここ、魔国の都市に割と近いし。それに、そのヨロイ……」

ああ、そうか。

全身漆黒パーツに、兜には二本の角。このヨロイ、デザインが中二病すぎていかにも魔国産に見えるのだろう。

「そういうことか。たしかにぼくは魔国の者だけど、兵士じゃなくて民間人。マッサージ師だよ」

「え？　まっさーじし？　何、それ……」

白い湯気が立ちのぼる中、女の子は少し首を傾《かし》げた。

第24話　一緒に入浴

そういえば、魔王かルーカスから聞いていたような気がする。

この世界では、人間の国においても「マッサージ師」という職業はないと。

「ごめん。治療技術の一つだけど、この世界にはない職業みたいだからわかんないよね」

「この世界？」

「ああ、今のは忘れて。話が長くなっちゃうし」

ややこしくなってしまうので、そこは流そうとした。

「わ、私は、長くても、いいけど」

「突っ込んでくるなあ。会ったばかりなのに」

「話を聞きたい……から、お湯に……入ってきてもらって、いいかな」

「ええっ？」

「そこにずっといさせるのは、悪いから……」

そう言われましても、である。この世界の常識がどうなっているのかはわからないが、見知らぬ異性と二人きりで入浴ということが当たり前のことだとは考えにくい。

しかし本人が入ってこいと言っている以上、構わないということでよいのだろうか？　あまり近寄りすぎないようにすれば大丈夫か？

複雑な心境のまま、ヨロイを外し終わる。

一回深呼吸をして気持ちを整えると、リクエストに応えてお湯に入ることにした。

「待て！」

「わっ」

ぼくが手ぬぐいで股間を隠しながら一歩踏みだすと、いきなり岩の陰からガッシリした体格の男が出てきた。

平服と思われる軽装だが、剣を持っていた。怪我をしているのか、足や腕には包帯が巻かれている。

「いいんだ！　私が構わないんだから」

女の子が慌てて、その男を制止した。

「しかし、この男は魔国の――」

「いいから。私は大丈夫だから」

「……わかりました」

その男は、怖い顔でぼくを睨《にら》みつけると、岩のこちら側に寄りかかって座った。

……ボディガードがいたのか。気づかなかった。

えらく警戒しているのは、さっきぼくが魔国の者だと認めたからか。

まあ、嘘をつくのは嫌なので、気づいていても認めたかもしれないけれど。

「いいよ、入ってきて」

「じゃあ、失礼します」

見張られている中、ゆっくりと入る。失礼にならないよう、少し距離を置いた。

お湯は熱すぎることもなく、適温だった。

「ここのお湯は気持ちいいね」

「そ、そうだね」

ぼくら二人は微妙な距離を保ったまま、岩にもたれかかる。

彼女は「入ってきて」と言いだした割には恥ずかしがり屋なのか、ぼくに対して体を横に向けて目を伏せながら、チラチラとこちらをうかがうスタイルだ。

その横顔は……やはり若い。そして少し表情に寂寥感があるが、一般的な感覚ではおそらくとてもきれいでかわいい顔だと思われた。

だいぶ日は傾いていると思われるが、まだ空は青色を保っている。赤く染まってはいない。

見回していると、白っぽい景色の中、奥側に少し離れたところで、カピバラのような生き物が水際で入浴を楽しんでいた。

「あれはラーマというモンスター、だよ。ここは動物や昆虫も多いみたい」

ぼくが観察しているのに気づいたのか、彼女が教えてくれた。

「あれってモンスターだったんだ。大丈夫なの？」

「うん。人を襲ったりはしないモンスターだから」

「なんかよくわからないや。動物とモンスターの境目ってなんなの」

「人に関わりがあるかとか、役に立つかとかで決めてると思う」

「そうなんだ？　テキトーだなあ」

「キミ――」

「ぼくの名前はマコトだよ。きみの名前は？」

「え？　オ……あっ、えっと、じゃあエミリアで」

じゃあ？

もしや、警戒されて偽名を使われたか。ま、別にいいけど。

「マコト……か」

「うん」

「なんで……魔国にいるの？」

「さっきも言ったけどさ。初めて会うのに、なんでそんなに突っ込んでくるの？」

「不思議だなって」

「ぼくから見れば、こんなところで入浴してるきみのほうが不思議だよ。そこのボディガードさんも包帯巻いてるし。何かあったんじゃないの？」

「う、うん。彼、ちょっといろいろあって怪我してね。でも、歩けるし。大丈夫だよ。他にもケガしてる仲間がいるけど、違うところで休んでる」

そう言うと、彼女は「そっちのことを教えて」と催促してきた。

なんか、ずるいなあ、こっちのことばっかり聞いて。

「んー。じゃあ、正直に話すからね。常識では考えられない話かもしれないけど、信じる信じないは自由」

「……？」

「ぼくはこの世界の人間じゃない。別の世界から魔国に飛ばされた。それで魔族の偉い人の奴隷になって、仕事をやらせてもらってる。以上！」

一気にそう言うと、彼女の口が半開きになった。

「えっ、嘘、じゃなくて……？」

「今言ったとおり、信じる信じないは自由。お任せだよ」

「……」

「まあ、嘘は言ってないけどね」

「そう……」

急いで頭を整理しているのか、うつむいたまま動かない彼女。

その彼女の頭上に、一匹の青い蝶がやってきて、舞う。そしてどこかに飛んで行った。

「別の世界から、来て……魔族の奴隷にされてしまったんだ」

彼女は目を伏せながら言う。

だがもちろん、今のぼくにとって『奴隷』というのはまったくネガティブワードではない。

魔国では基本的に罪人のみが奴隷となり、一般人よりも身分が低いと聞いているが、人間の国での奴隷制度がどうなっているのかは聞いたことがない。当然、その待遇についてもわからない。

ただ、これだけは言えると思う。

自分はきっと、世界一幸せな奴隷だ。

「そうだよ。でも、前の世界でなかなか思うようにできていなかった仕事をやらせてもらってる。なんか一気にいろいろ変化してさ。生まれ変わった気分さ」

新宿にいた頃の空虚さに比べれば、ここまで本当に充実した毎日だった。

生まれ変わった気分――その言葉は自然と出た。それが本心だからだ。

「仕事って、その、さっき言ってた『まっさーじ』というやつ？」

「うん」

「どんなものなの？」

「うーん、ちょっと説明が難しいんだよね。今ここでやってみせることはできるけど」

「みせて」

「触らないとできないので、それが嫌じゃなければいいよ。一応、後ろを向いてもらったままでできる」

「私は大丈夫。よろしく」

彼女は背中をつけていた岩から離れ、こちらに対し背中を向けた。

ぼくは彼女が気にしないならいいか、ということで近づき、すぐ後ろに立つ。

「布を外してもらってもいい？」

「うん……」

彼女は巻いていた布を外した。白い背中があらわになる。

「じゃあ、やるね」

初対面なので、安心させるために手をなるべくピッタリ付けるようにした。こういうときは恐る恐る触るのが一番よくない。

施術を始める。両肩にかけた手から感じる肌の感触。若い女性らしいきめ細かさがあったが、それよりも、その奥に感じる筋肉が意外にしっかりしていることが気になった。

彼女から、少し声が漏れた。

……。

魔族のように絶叫はしない。ぼくのいた世界の人間の反応に近い。やはり、魔族の反応は独特だったのだ。

肩だけでなく、背中も施術していく。

「いつもプレッシャーがかかる環境にいるのかな」

「……なんで触ったただけで？」

「背中の、背骨の脇が張ってるんだ。交感神経が優位になっている状態が続いている人に多いんだよ」

「こうかんしんけい？」

「うん。自律神経ってのがあって。交感神経と副交感神経の二つから成るんだ。簡単に言うと、交感神経は活動時に優位になる神経で、心臓を速く動かしたり気管支を広げたりして体が活発に運動できるようにする。副交感神経のほうは休息時に優位になって、心臓を落ち着かせたり消化器を活発にさせたりして体を回復させるんだ」

「薬師《くすし》しか知らなそうなことだね。なんで二つに分かれてるの？」

「そりゃあ、敵が目の前にいるのに、内臓が活発に動いてそっちのほうにエネルギーがいっていたら戦えないでしょ。活動するときと、休むときで、神経を切り替えたほうが生物として都合がいいんだ」

あまり過酷なストレスに晒《さら》され続けると、その切り替えが狂ってしまうわけだが……。二十四時間戦う日本のサラリーマンにはよくある現象だ。

施術は簡単に終わらせた。

あまり長くやると、ボディガードさんに誤解されそうだから。

「ありがとう。体がすごく楽になった……。マコト、キミの手は不思議だ。子供の頃に触られた、お父さんやお母さんの手みたいだった……なんだか懐かしい感じがした……」

ふたたび布を体に巻いて向き直ると、彼女は伏し目がちにそんなことを言った。

第25話 強化兵、量産計画

ぼくはお湯から上がって、またヨロイを着た。

エミリアと名乗った女の子も、もう着替え終わっている。

もうここには用はない。ルーカスのところに戻ろう。こんな状況なので、彼はここで入浴できないだろうけど……。体を拭《ふ》くくらいは手伝ってあげよう。

「じゃあ、ぼくはもう戻るね」

「あ……」

「ん？」

「私たちと一緒に、来ない？」

「え、なんで？」

「なんでって……。私たち、今日は野営して、明日イステールに戻るんだ。キミも人間なら、本当は人間の国で暮らしたほうがいいんだよね。奴隷だって、言ってたけど……。鎖につながれているわけでもないし。やる気になれば、このまま……逃げられるんでしょう？」

彼女にそこまで説明されて、ぼくは初めて「ああ、そういうことか」と理解した。

「たしかに鎖にはつながれてないけど。ぼくは魔国のほうに帰るよ」

「どうして！　魔族は人間の敵だよ」

「人間の敵だとしても、ぼくの敵というわけじゃないからね」

「キミは人間でしょう」

そんなことを言われても、と思った。

ぼくは最初からこの世界の人間だったわけではない。なので、敵だのなんだのと言われても正直少し困る。

そして、何よりも——。

「偉そうな言い方かもしれないけど、ぼくは人間である前にマッサージ師なんだ。マッサージにはすごい力があって、今魔族の人たちはぼくの施術を必要としてくれている。治療院はまだ開いたばかりだけど、待ってくれている人はたくさんいる。だから、ぼくは必要とされているところに帰る。おかしくないでしょ？」

「おかしいと思うけど……」

「ははは。まあ、でも、誘ってくれてありがとね」

回れ右をしようとした。

「待って！　この泉には、よく来るの？」

「今日が初めてだよ。今回は試験的な意味合いで戦争に同行してて、その帰り。いつもは王都に住ませてもらってるから、ここに来ることはないよ」

「……わかった」

ぼくは「じゃあね」と言って、泉をあとにした。

ボディガードと思われる人の、ものすごい殺気を背中に浴びながら。

＊　＊　＊

ノイマール南の平原での戦いは、魔王軍の大敗に終わった。

北の重要拠点ノイマール、および周辺地域は人間の手に落ちた。

魔王軍撤退の知らせ、およびノイマール放棄の指示は届いていたのだが、逃げきれなくて捕虜になってしまった者が続出したそうだ。

捕虜になったらどうなるのかと聞いたら、ルーカスいわく「どちらがどちらに捕まっても、まず死ぬことになるだろう」とのこと。人間が魔族を捕らえた場合は確実に惨殺。逆の場合は人間が自害してしまうケースが多いそうだが、そうでない場合も種族的な恐怖や憎悪から、やはり殺してしまうらしい。

ぼくがその場で殺されなかったのは、ルーカスという変人に捕まったことが幸いしたのだ――あらためてそう思った。


ぼくとルーカスは、無事に城塞都市リンブルクまで到着。その後、王都に帰還した。

「ルーカス様……無事で何よりですわ。マコト様もお帰りなさいませ」

ルーカスは軍幹部であるため、生存の連絡は先に早馬でおこなっていた。それでも、温かい言葉とともに玄関で迎えてくれるメイド長。

ぼくは支度を整えてから、ルーカスと一緒に魔王城へ報告に向かうつもりだった……のだが。

魔王は自分からルーカス邸に来た。

「マコト！　帰ったか！」

玄関の扉が大きな音を立てたと思ったら、襖が外れんばかりの勢いで開かれた。

「ただいま……なのですが、これから報告に行こうと――アイタタ」

ヘッドロックをきめられて、頭をグリグリやられてしまった。

どうやら、魔王は外出中にたまたまぼくらが王都に帰還したという話を聞いたらしい。

そのあとカルラも話を聞きつけて魔王城からやってきたため、結局、城に報告に行く必要がなくなってしまった。

帰還翌日から、治療院も再開。軍に同行する前の毎日が、戻ってきた。

＊　＊　＊

治療院再開二日目の朝のこと。

「……おはようございます」

「フン、やっと起きたか、マコト」

「マコト、おはよー」

布団から起き上がると、横のちゃぶ台のところには例によって魔王とカルラがいる。

が、今日はもう一人いた。

「あれ？　今日は三人ですか」

なぜかルーカスも座っていた。四畳半なのでいっそう狭い。

「おはよう。ふふふ、マコトよ。朝の散歩のついでに魔王城に意見書を出してきたぞ」

「え？　意見書？　どんな？」

「軍に対してマッサージの施術が及ぼす効果と、今後についての提言だ」

ルーカスが、活き活きと話し始める。

マッサージが魔族の気力を向上させること、魔力回復速度を自然回復よりも上げることなどは、彼の個人的なデータ分析ですでに証明されていたとおりである。

そして、今回の戦いでの第九師団の奮闘により……。それらの効果は、どうやら戦の趨勢《すうせい》をも左右するくらいの大きな影響を及ぼす、ということがわかった。

よって今後は、国を挙げて治療院経営と弟子の育成をバックアップ。そして、王都にいる全師団には治療院に通うことを義務化するべきである——そのような提案らしい。

つまり、マッサージによって強化兵を量産し、一矢《いっし》を報いましょうということのようだ。

「なるほどね……。でもここに魔王様いるし、意見書は直接渡せばよかったんじゃないの」

「ふふふ、甘いなマコト。物事を進める際には踏むべき手続きというものがある。軍や国政に関してこれだけ大きな提案ともなると、司令長官や宰相様を通さず直接お渡ししては魔王様も迷惑なのだ」

なるほど。このあたりは組織としてしっかりしているわけだ。

「え？　わたしは別にここで渡してくれてもよかったが？」

あれま。

「今聞いた内容だと、最初にわたしが読んでオーケーしてから司令長官や宰相に回したほうがいいんじゃないか？　お前、ディートリヒに嫌われてそうだし、最悪却下されてわたしの手元まで来ないぞ」

ルーカスは書類を回収するため、慌てて魔王城へ向かった。

それを目線で見送ると、魔王が今度はぼくのほうに目を合わせてきた。

「マコト、これから一段と忙しくなりそうだな」

「あれ、心配してくれてるんですか？　意外に優し――」

「死ねっ」

「ぶはっ」

座布団が顔に命中した。

「心配してるのか潰したいのか、どっちなんですか……」

「だまれ。何が意外だ」

「おかあさまはね、あんまり素直じゃ――」

「だからカルラ、お前もうるさいぞ」

カルラも頭をペシッとはたかれている。

「はあ。まあ……大丈夫ですよ。体力はあるほうですから。ご心配ありがとうございます」

「そうか……頼んだぞ」

「はい。頑張らせていただきます。ま・お・う・さ・ま」

決してわざとではなかった。だが、その名前をいつもよりゆっくり呼んでしまい、さらにその後じっと目を合わせてしまったのが、いけなかったのかもしれない。

「やっぱり死ね」

「ぶへっ」

また座布団攻撃。

ひっくり返されて仰向けになっている銀髪褐色の幼女が、「ボクのざぶとん……」とつぶやいていた。

ルーカスの計画が正式に認められれば、治療院としてもそれに対応させる体制を整えなければならない。魔王の言うとおり、たしかにこれからますます忙しくなりそうである。

もちろん、こちらとしては望むところだ。

閑話　カルラ様の成長

軍と一緒に戻ってきていなかったリンドビオル卿が、帰還した。

その知らせをカルラは魔王城二百階で受け、すぐにリンドビオル邸に行こうとした。

……が、たまたまその階に来ていた宰相アルノー・ディートリヒに見つかってしまい、呼び止められた。

「カルラ様、外に出かけるときは兵士に一声かけるのをお忘れなさいませぬよう。護衛がいないと危険ですので」

「わかったー。行ってくるね」

「どちらに行かれるので？」

「ルーカスの家。マコトに会いに行くー」

その返事を聞くと、宰相は顔を急速に硬化させた。

「そのマコトとやらは人間の奴隷ではありませんか……。弟子入りの件は魔王様より聞いておりますゆえ、仕事での接触はやむなしと考えますが。私的に会いに行かれますのはいかがなものかと」

「でも行くー」

「私はあまり感心いたしませぬ」

「えー」

「噂には聞いておりますが。カルラ様も魔王様も、連日朝早くからリンドビオル邸に行かれていたそうではありませぬか。いったいなんの目的で……」

「ボクは弟子だからだよ？　おかあさまはつきそいー」

「直接仕事場に行けばよいと思うのですが……。しかも、そんなに早く行く必要が？」

「でも、早く行くとねている顔を見られるよ？」

「そんなものを見てどうするのです」

「マスコットみたいでかわいいよー？」

「……」

結局引き留めに失敗し、宰相は昇降機までカルラを見送った。

執務室に戻ろうと渋い顔で振り向いた彼に、従者が声をかける。

「宰相様、ずいぶん神妙な面持ちですが」

「まずいな」

「まずい？」

「うむ。このままではカルラ様が取……たぶらかされてしまう恐れがある。やはり魔国の将来を考えれば、マスコットとやらは排除したほうが良いのではないか」

「今『取られてしまう』って言いかけませんでしたか？」

「……お前、左遷先はどこが良い？」

＊　＊　＊

カルラがルーカス宅に到着したとき、マコトは四畳半の部屋で着替えている途中だった。少し濡れている髪から、風呂あがりであることがわかる。

「マコトおかえりー」

「ただいまです。ついさっきまで魔王様も来てましたが……カルラ様もわざわざここまで来てくれたんですか？」

「うん。知らせを聞いたから」

「それはありがとうございます……が、いきなり抱き付く文化は魔国にはないはずなので。離れてくれると嬉しいです」

「えー」

物足りなそうな声を上げるカルラ。

しかしマコトは銀色の頭を一度ポンと叩くと、褐色の頬にそっと手を当てて離れさせた。そして着替えを終えると、にこやかに彼女に話しかけた。

「ぼくがいない間、ちゃんと言ったとおりに練習していましたか？」

「うん。毎日練習してたし、他の弟子四人にもちゃんと教えてたよ」

「そうですか、それは助かります。ありがとうございます」

「早速やらせてー」

「ずいぶん気が早いですね。じゃあ、お願いしようかな」

マコトはカルラに対し、仰向けの施術から要求した。手から始まり、腕を施術しながらのぼっていく。

「カルラ様は覚えが早いです。とっても上手ですよ」

「わーい」

マコトは、教えた知識のおさらいになる質問も挟んでいった。

「職人さんは猫背が多かったですよね。そういう場合はどうするんでしたっけ？」

「うん。胸をもむんでしょ？」

「一応合っていますが。できれば大胸筋《だいきょうきん》、小胸筋《しょうきょうきん》と言いましょう。誤解されます」

カルラの小さい手が、マコトの左胸を這う。マコトはくすぐったいのか、少し体をよじらせた。

「あまりここは撫でるようにやらないほうがいいですよ。まあ強くやると痛い場所なので、ゴリゴリやるよりはいいですが」

「うん。わかったー」

腹部操作に移る。

「腰痛の場合は、どこが大事なんでしたっけ？」

「ちょうようきん」

「そうですね、腸腰筋です。ぼくはそこまでじゃないですが、反《そ》り腰《ごし》の人であれば腸腰筋の中でも、特に大腰筋《だいようきん》をゆるめるといいです」

「うん。覚えてるよー。このへんだ」

カルラは、マコトのソケイ部のあたりからヘソのあたりまでを人差し指でなぞった。またマコトは体をよじらせる。

「そ、そうですが……その触り方はちょっとくすぐったいので本番ではダメですよ」

「はーい」

カルラは、マコトの膝を立てるように曲げた。これも師匠である彼からの指導である。腹部操作の際は、膝を曲げたほうが腸腰筋がゆるみやすくなるのだ。

まず左のほうの腸腰筋から始まった。

「うっ」

マコトが苦しそうな声を出した。

「んー？　だいじょうぶ？」

施術を続けながら、カルラが確認を取る。

「あ、あの……その辺は男性に施術するときはもうちょっと、し、慎重に……少し当たってるので」

「当たる？」

噛み合わないまま、施術はなおも続く。

「……ぅっ」

マコトは突然上半身を起こし、少しズボンを振るような動作をした。

そしてふたたび寝る。

「……？」

「あ、いや、その、ここに当たっていたというか……」

指をさされた部分を見て、やっと彼女は納得したようだ。

「あーごめん。気をつけるね」

「いや、今のはちょっとぼくのモノがたまたま左に寄っていたのも原因なんで……カルラ様のせいとは言えないです、はい。気になさらず……」

施術が再開される。

「あ」

マコトは慌てて、ふたたび上半身を起こした。少し汗をかいている。入浴後で放熱しているからという理由ではないようだ。

そしてパッとうつ伏せに体勢を変えた。少しお尻が上がっている。

「仰向けはもう終わりで……次はうつ伏せにいきましょう」

「ごめん、ボクのせじゅつダメだった？」

「いや、そんなんじゃないです……技術的にはそんなに問題ないです……」

「じゃあどうしたのー？　いきなり。マコトへんなの」

「うう……死にたい………」

第3章 領土回復運動

第26話　意見書　―治癒魔法が重大な疾病を引き起こす―

　ぼくは、一番弟子のカルラ、そのあとに入った四人の弟子たち、そしてさらに追加で取った十人の弟子たちとともに、治療院で着々と施術実績を重ねていった。

　追加で取った十人の内訳は、カルラと同じくらいの歳の男の子五人と女の子五人。今度は魔王の養子ではなく、ルーカスのツテでどこからか連れてきた子供たちだ。

　ルーカスは、立案した強化兵量産計画がめでたく承認されると、すぐに嬉々として「この子たちを頼む」と連れてきたのだ。診療終了後の練習時間などは、もはや子供教室状態である。自分は大丈夫だが、子供が嫌いな人だったら発狂しているだろう。

　兵士の施術は順調に進んでいる。

　王都にいる師団すべてがうちの治療院に通うようになったので、患者数激増という問題はあったが、応急処置的に兵士用短縮メニューを用意することで対応していた。

＊　＊　＊

　さて、今日の診療も終了の時刻になった。

　終了時刻になっても、待合室で待っている人が全員終わるまでやるようにしている。ぼくも、あと一人は施術することになるだろう。

さて、最後の一人は誰かな……。

「フン。順調なようだな」

「うわっ、出たあっ！」

「出ちゃ悪いのかよ。お前本当に殺すぞ」

なぜか、来たのは魔王だった。ぼくの首を片腕で絞めながら、頭をグリグリしてくる。

「イタタ……。いや、魔王様には毎朝施術させてもらってますし。ここには絶対に来ないと思ってましたので」

「今日は患者として来たんじゃない。外出の帰りに寄っただけだ。少し感想があってな」

「感想？」

腕をほどき、魔王にはベッドに腰掛けるよう勧めた。ぼくのほうは低いスツールをすぐ前に置き、そこに座る。

「お前、意見書をリンドビオル卿経由で出しただろう」

「兵士病の件ですね」

「そうだ。読んだんだが、内容がとんでもないな」

ああ、その話だったか。

兵士病。それは魔国の兵士が主にかかるとされる病気だ。魔族の寿命は人間のそれよりもやや長いはずなのだが、兵士はその病気のおかげで大幅に短くなってしまっている――それが当初聞いていた話である。

魔王の言うとおり、ぼくは一つの意見書を魔王城に出していた。タイトルは「治癒《ちゆ》魔法が兵士病の原因である疑いについて」だ。

治療院が順調なおかげで、いろいろな症状の患者を診ることができているが、その中で兵士病を患っているという人を診る機会もたくさんあった。

症状は以前に聞いていたとおりさまざまだったが、皮膚のシミや腫瘍《しゅよう》、咳《せき》や呼吸困難、黄疸《おうだん》、腹《ふく》水《すい》などが多かった。

ぼくはそれで確信した。

兵士病とは、癌《がん》の全身転移だ。

そして、民間人よりも兵士において圧倒的に多い〝リスク因子〟は……と考えていくと、やはり〝治癒魔法の乱用〟しかない。

兵士は戦《いくさ》や訓練でケガが多いが、その際、些細なケガであっても治癒魔法でサクッと治しているらしい。

治癒魔法は、細胞分裂を大幅に加速させることで、破壊された体の組織を修復していると考えられる。そうなると当然、細胞の複製エラーも多くなり、癌細胞が一度にたくさんつくり出されることになる。

どんな健康な人間でも毎日癌細胞は発生しているが、免疫システムがそれを破壊し、悪性腫瘍を形成してしまうまでには至らない。しかし、人為的な細胞分裂の加速を無数に積み重ねた場合はどうだろうか？

どこかのタイミングで、免疫システムで抑えきれないほどの癌細胞が発生してしまってもおかしくはない。そして形成された悪性腫瘍がリンパ節まで侵してゆき、全身に転移――。

自然な推理のように思える。

意見書ではそのようなことを書いた上で、「大きな怪我でなければ基本的に自然治癒に任せるべきである」という旨の提言をしている。


「内容はたぶん間違いないと思っていますが」

「そうか……。軍司令長官も一応納得したみたいでな。戦のとき以外では治癒魔法をなるべく使わないよう周知させると言ってたぞ」

「ありがとうございます。魔族の将来のためにも、そのほうがいいと思います」

「フン。将来、か……」

魔王は一つため息をつくと、ベッドの上からじっとこちらを見下ろした。

もう見慣れた赤黒い瞳、それをぼくはすぐ前で見上げる。

魔王が手を伸ばしてきた。

そして、ぼくの頭を手のひらでペシッと叩いた。

「イテ」

「……なんでだ」

「え？」

「なんでお前はもっと早く魔国に来なかったんだ」

「……そんなこと言われてもなあ」

苦情は新宿駅前の転送屋にお願いします、という感じだ。もっとも、転送先の時代まで指定できたのかどうか謎だが。

「フン、お前が遅かったおかげで魔族は迷惑だ」

そう言うと、魔王はベッドにうつ伏せになった。

「あれ？　患者として来たわけではないって――」

「だまれ。やらせてやるんだから喜べ」

なぜか施術をすることになった。

しかし「もっと早く」、か。

兵士への施術の効果は出てきており、以前とは別人のように気力が充実しているように見える。

先の戦での被害は大きく、再編成で一個師団を解散させるほどの人数減となった。しかしそれを考慮しても、軍全体としての戦闘能力は以前より向上しているかもしれないと聞いている。

そしてぼくの推論が正しければ、兵士病の発生は今後減っていくはずだ。発病で除隊となるケースは減少し、経験を積んだ兵士の割合も増えていくことになるだろう。

だがそれらのことも、やはりもう流れを変えるには至らないのか……。

大きな喘《あえ》ぎ声をあげる魔王を施術しながら、そんなことを考えた。

「はい、終わりましたよ」

「ハァハァ……」

仰向けのまま、目隠し用の布を片手で顔に押し付けながら、呼吸を整えている。

よい姿勢を保ってくれているのか、体の歪みなどが復活していることもなく、きれいな形のままだった。だが、背中のモヤモヤしたものがまた出現してきているような気はした。

すぐに起こすのは酷なので、魔王に一声かけてベッドから離れた。

魔王のベッドから見えないところでは、すでに手が空いている弟子が後片付けを開始している。

ぼくも受付で少し〆作業を手伝ったのち、ふたたび施術室に戻る。

「えっーと……。魔王様？」

まだベッドの上にいた。

「あのぉ、いつも時間終了後は弟子の指導をしていますので。居座られると非常に困るんですが」

「フン、じゃあ練習風景も見てやる。ベッド全部使うわけじゃないだろ？　さっさと指導に入れ」

「えー」

「何が『えー』だ。国の代表者が店の様子を視察するのは別におかしい話じゃないだろ。殺すぞ」

仕方ないので、魔王の見ている前で練習を始める。

基本的には二人一組になってもらい相互施術。ぼくはベッドを順番に回ってアドバイスをしていくかたちだ。施術そのものは練習していれば放っておいても上達はするので、アドバイスの内容は施術の理論や知識的な部分が主だ。

みんな熱心なので、こちらも教えがいがある。自分としてはとても楽しい時間だったりする。

魔王は……生あくびしながら終了待ちか？　と思いきや、真剣な顔で見ていた。たまにベッドを回り弟子たちに声をかけ、激励もしてくれている。喘ぎ声で騒がしいので拾いづらかったが、魔国のために頑張れ的なことも聞こえてきた。

終了後――。

「なんか魔王様、魔王っぽかったですけど大丈夫ですか？」

「ぽい、とはなんだ。魔王だ」

弟子たちを迎えの人たちに任せて帰らせたのち、意外な一面を突っ込んでみたら頭をはたかれた。

「イテっ……まあそうなんですけど。で、どうでしたか？　初めてここに来た感想は」

「まあ、ちょっと感心した。お前、ちゃんとやってるんだな」

「……」

「それに……弟子たちはみんなお前に懐《なつ》いてるし、尊敬しているように見えた。わたしの養子たちも城の中では見ないような顔をしているし……きっと喜んで働いてるんだろうな」

珍しく、面と向かって褒《ほ》めてくれている。しかしその顔には少しだけ赤色成分があり、橙の照明の色だけではカムフラージュしきれていなかった。

「ご評価いただけて嬉しいです」

彼女なりに、少し勇気を出して言ってくれたのかもしれない。やはりかわいいところもあるんだな――そう思いながら「では、ぼくたちもそろそろ帰りましょう」と、照明を落としに行こうとした。

すると突然、背後から柔らかくも弾力のある感触。そして甘い香り。

「あっ。ダメですよ？　ここは治療院です」

もちろん、その感触の犯人は魔王だ。

「もう誰もいないだろ」

「いないですがダメです」

くるっと体を回転して、魔王を引き剝がす。

「わたしは魔王だぞ」

「魔王様でもダメなものはダメです。治療院は神聖な場所です。そのような行為は絶対に許されません」

「……」

いや、そんな顔してもダメですからね？　そう言おうとした。

だがこの切なげな表情……魔王としての毎日でため込んでしまっているものが、また膨れてきているのだろうか？　と思い、そのセリフは呑み込んだ。しかしながら、やはりここではいけない。

ぼくは魔王の頭をポンと軽く叩いた。魔王がその瞬間、目をキュッとつぶる。

「ということで……」

「ということで？」

「施術代をいただきま——イタっ」

蹴《け》られた。

＊　＊　＊

「マコト様、おかえりなさいませ……あら、魔王様も。お疲れさまでございます」

まあそうだろうとは思ったが、魔王は魔王城のほうへは帰らず、またルーカス邸までついてきた。

メイド長もいつもの立礼ではなく、ひざをつくかたちの礼をしている。

ルーカス邸には、小さな木桶《きおけ》の風呂がある。メイド長はいつもどおりお湯の準備をしてくれていたが、ぼくとしては魔王がいるのに先に入るわけにはいかない。彼女を先に入らせることにした。

「狭いが、これはこれでいい感じだよな」

いつもだだっ広い浴場で入浴しているであろう魔王だが、この小さな風呂は気に入っているようだ。

ぼくは素っ裸で股間を隠した状態のまま、横で見守っている。非常に間抜けな図だが、一人で勝手に入ってきてくださいとも言えなかったため、仕方ない。

しばらくお湯を堪能すると、魔王はお湯から上がった。一応布を巻いているので、某二か所は隠れている。

「よし、マコト。許可する。背中を洗わせてやってもいいぞ」

「だから、やってほしいって素直に言いましょうよ……」

「あ?」

「いえ、なんでもないっす」

この世界……というよりも、この魔国においては石鹸が存在している。果実油と海藻灰を原料にしたもので、意外とよく泡立つ上に、洗い流したあとも少しスベスベ感がある。個人的には好きだ。

「じゃあ、座ってください」

木桶の湯船の横で、小さな風呂椅子に座ってもらった。ぼくもすぐ後ろに風呂椅子を置き、座る。

「洗っていきますね」

巻かれていた布を外すと、泡を手に取り、その白くきめ細かい肌に滑らせていく。

すぐに魔王の体は反応し始めた。

「……な、なんかヌルヌルして変な感じが……するぞ」

「いつも石鹼は使っているでしょうに」

「そ、そうだが。お前の手は密着しすぎてちょっと変だぞ。普通こんな感じにはならな……あぁっ」

魔王が喘《あえ》ぐ。

マッサージ師の『手』は、何年も施術を続けていると、だんだん吸盤のように接触面との隙間《すきま》ができないつくりになってくる。たしかに、触《さわ》られた感じは普通の人とは違うだろうと思う。

さらに、どうやらマッサージの仕事の癖も出ていたようだ。無意識にほんのり体重をかけて、手をぴったりと密着させ続けてしまっていた。今は施術をしているわけではないが、やっていることがオイルマッサージとさほど変わらない。魔族特有のマッサージへの反応が魔王に出てしまうのも仕方がない。

……なんだか、懐かしいな。

マッサージ学校では、オイルマッサージの授業はほんの僅《わず》かしかやらなかった。しかも卒業後にやる機会はないので、もうその存在自体を忘れていた。

だが、意外と体は覚えていたようだ。手は進む。結構楽しい。

腰や脇腹にも手を回し、滑らせていく。

「んあっ……あぁ……」

魔王の声は激しくなってくる。そして、ややその響きが変質してきた。

魔族特有のマッサージの反応の上に、違う要素も交じってきてしまっているようだった。

これはまあ、そういうことなのだろう。ただ、念のため確認だけはしておく。

「えっと。今さら聞くなという感じかもしれませんが、前も洗ったほうがいいですよね？」

「い、今さら聞くなっ」

少し裏返った声での、予想どおりの答え。

そしてぼくのほうは、ここから先は頭を切り替えることにした。

あん摩マッサージ指圧は医療の技術であって、風俗の技術ではない。もちろん風俗も大切な産業であることには違いないが、自分はマッサージ師だ。きちんと線引きをするため、今マッサージのことを考えるのはやめよう。

泡を補充し、腹部に手を這わせる。

「はぁ……」

そして、弾力と柔らかさを両立させた大きな胸――。

「んあああっ」

すでに突起がピンと立っており、滑らせながら揉《も》むと、ぼくの手のひらを逆にくすぐってくる。

そのまま揉み続けていると、彼女は上半身を立てていることができなくなったのか、徐々にぼくのほうへと寄りかかってきた。

「ぁあ……マコト、マコト」

名前を連呼してくる彼女を抱きかかえ、自分の胸板で支えながら、引き続き胸をじっくり刺激していった。

「んぁ……はぁ……」

彼女の力が完全に抜けた。刺激に慣れてきたのだ。

そろそろよいだろうと思い、今度は局部に手を伸ばした。

直接見ていないので、手の感覚が頼りだ。濡れた柔らかい若草の中で秘所を見つけると、指の腹で丁寧に洗っていく。

「ふはあっ……」

声とともに、彼女の両足が広がりながら屈曲する。

椅子から落ちそうに見えたので、抱きかかえたままスノコ板に直接座らせ、ぼくも椅子をのけてそれに続いた。

入り口の撫《な》でまわしでほどよく慣らしたら、その割れ目から右手の中指を侵入させた。

ゆっくりと入れていき、探る……あった。

膣壁に埋め込まれているそれらしきものを感じ取ると、指をフック状にし、ゆっくりと押圧《おうあつ》していった。

「はんあっ」

入れていた指がきつく締められる感触がすると同時に、彼女の喘ぎが一段と大きくなった。

そのわかりやすい反応で正確に当てられていることを確認しながら、続けていく。

「あっ……マコト……マコト……気持ちい……」

そして――。

「あああっあああっ」

一段と大きな声を上げると、彼女は盛大に潮を吹いたようで、ぐったりと動かなくなった。

ぼくは力の抜けたその体を抱きしめ、しばらくそのまま支えていた。


「そろそろ落ち着きましたか？」

抱きかかえたまま、ポンポンと軽く腹部を叩く。

魔王は「ああ……」と言ってゆっくり立ち上がった。ぼくも、それに合わせる。

目が合う。そして一瞬、視線が下に向かい、わずかに恥ずかしそうな赤ら顔になる彼女。

「あ、すみません」

思いっきりそそり立っていたモノを見せつけてしまっていたことに気づき、布を拾って隠す。

そんなぼくに対し、彼女は乱暴に腕を引っ張ってきた。

「え？」

「今度はわたしが背中を洗う。座れ」

背中だけで済む気はまったくしないわけだが、大人しく椅子に座った。

これが本来許されることなのかどうかはおいておいて、魔王がぼくの背中を洗ってゆく。

「どうだ？　わたしの手は密着してるか？」

背中を撫でながら、そんなことを聞いてくる。せっかく頭を切り替えたのに。

手が密着どうこうと言われると、またマッサージのことを考えてしまうではないか。まあもちろん……魔王がそういうことを考えてくれるのは、嬉しかったりするわけだけれども。

「いえ、全然ダメです。話になりませ――ふはっ」

素直に答えたら、腰のあたりを殴《なぐ》られた。

「あー、別に悪く言っているわけではなくてですね、体重のかけ方を覚えることとか、密着するような『手をつくる』ことって時間がかかるんです。そんなに簡単にはできないですよ」

きちんとフォローする。

「フン。じゃあもういい」

「え？　あ――」

魔王の手が脇を撫でながら腹部、そしてさらに下に伸びる。そしてぼくのモノを……。

「うっ」

上下に擦《こす》ってくる。

首を撫でる甘い吐息、背中に当たる柔らかい弾力、脇をほのかに締めてくる上腕の感触。

そして、下半身から急激に盛り上がってくる熱い愉悦。

すぐにぼくの思考能力は奪われていった。

「あ、や、ヤバいです。そんなにやったら出――あ？」

彼女の手が止まった。

「お前は……こうしても喜ぶのか？」

ぼくの前側に回ってそう言ったかと思うと、半開きの太ももを左右に押し開けられた。

「えっ？　あっ」

ぼくのモノが、布でサッと一拭《ひとふ》きされた。そして魔王の頭がスッと下に消えたかと思うと……モ

ノが熱いものに包まれた。

「あっ……それはさすがにあなたがやるのは……あ、ちょっと……！」

異議申し立ては無視され、モノを口に含んだままの魔王の頭が上下に動く。

「っ……うあっ……あ……」

誰かに教わったのか、自分で思いついたのか、それは謎だ。

おそらく決して上手ではない技術。だが伝わってくる不思議な生真面目さと、一国の王にこんなことをやらせてしまっているという背徳感が、快感を倍増させる。

下腹部から腰まで溶けてしまいそうなその気持ち良さに、ほどなく限界を迎えた。

「あっ、ちょっとっ、離してくれないと中に出……あ……うああっ――」

慌てて両手で顔を引き離したが、完全には間に合わなかった。

彼女の顔に、ゼロ距離射撃で放出した液体が。

「……マコト。いっぱい……出たな……」

「はぁ……はぁ……す、すみません……」

快楽に負けて力の入らない腰になんとか活を入れ、布で彼女の顔を拭いてきれいにする。

そしてまた立ったまま見合うと、魔王のほうから抱擁してきた。

最後に、仕上げと言わんばかりの口づけ――。

顔を離した瞬間に見た彼女の表情は、またいつものツンツンとは違う、満足そうな柔らかい微笑み。

とても、解放感に満ちていた。

＊　＊　＊

「あ、おはようございます」

「おはよう」

「マコトおはよー」

ちゃぶ台のところにいたのは、ルーカスとカルラだ。

昨日あのあと、四畳半で添い寝となった魔王はすでにいない。また、朝早くカルラと交代するようなかたちで帰ったのだろう。

「マコトよ。昨日は風呂場で――」

「だーかーらー！　そういうのはスルーでよろしく！　ね!?」

「ふふふ……マコトよ、魔王様を頼むぞ。特殊な存在であるお前にしか魔王様をお助けすることがかなわぬ部分もあるからな」

ルーカスは何やら意味深なことを言う。だがカルラもいるのに、その話題は非常にまずい。

「おはようございます。マコト様」

お茶二つとカップスープ一つを持って入ってきたのは、もちろんメイド長。今日も完璧な作法だ。

……そういえば。

ふと疑問に思ってしまった。

ルーカスとメイド長の情事の声などは、今まで聞こえてきたことがないのだ。

二人はどう見てもカップルである。特にメイド長からルーカスへ振る舞われている圧倒的母性は、とても愛情なしには不可能に思える。変人参謀に対しなんの不満も言わず奉仕し続け、寒いネタにもいちいち付き合い続けることは、仕事とはいえ莫大なエネルギーを要するに違いないから。

メイド長がぼくに対して過剰に親切で丁寧なことだって、ぼくのためではない。ぼくがルーカスの所有物だからだ。

……ルーカスがその手の感情に鈍感なのだろうか？　とにかく不自然だ。

まあ、聞いてみる勇気などはないので、疑問に思ったところで意味はない。とりあえず忘れることにする。

「で、ルーカスがいるってことは何かまた大事な知らせがあるんだね？」

「うむ、今日お前に伝えなければいけないことはだな……」

ルーカスからは重要な連絡事項ということで、人間側がまた侵攻の準備をしている、という話がなされた。

標的は、前回の戦で軍の落ちのび先としても使われた城塞都市リンブルクである。ここが落ちてしまうと、魔国は国土の北側半分を失うも同然となるため、なんとかして死守する必要がある。ぼくも、ふたたび魔力回復要員として同行することになる予定だ。

自分としては、戦争への同行が本来業務ではないという認識などない。

兵士たちは、うちの患者。そしてぼくはマッサージ師として戦場でやれることがあるわけだから、全力で頑張りたい。そしてそれが結果的にこの国のためになり、ぼくを生き返らせてくれた魔王以下魔族のみんなに対する恩返しとなると思う。

第27話　ルーカス、昇進

「ルーカス様、参謀長就任おめでとうございます」

「おめでとう、ルーカス」

「ふふふ、ありがとう、シルビア、マコト。今後も魔国と魔王様のために『粉骨砕身』といこうではないか」

「人間の世界で『身を砕くほど懸命に働く』という意味でしたわね」

「そうだ。さすがは魔国一のメイド、よく覚えているな」

「ウフフ」

「ふふふ」

豪華なディナーを囲み、いつものカップルが気持ち悪く盛り上がっている。明日リンブルクに向かうので、家でミニ前夜祭をおこなっているところだ。

「マコト様もおめでとうございます」

「え、なんでぼくまで？」

「主人の慶事は奴隷の慶事でもありますわ。つまりマコト様の慶事でもありますのよ」

「……？　では、ありがとうございます」

よーわからん……。

「ウフフフ」

ルーカスは特に先の戦で大功があったわけではないが、参謀長に昇進した。

つい先日……それまで参謀長だったトレーガーという人物が、思い出したように「前回の敗戦の責任を取りたい」と申し出て辞任。空席となっていたためだ。

それはちょうど、「人間がふたたび魔国侵攻の計画を立てている」という情報が入ってきたタイミングと一致している。前任者は逃亡したという解釈でよいだろう。

噂によれば軍司令長官メルツァーも駆け込み辞任を検討していたらしいが、参謀長に先を越されたため、ダブル辞任はまずいということで留任している。

先の戦いの戦前の会議を見ていても感じていたが、軍上層部のやる気のなさと責任感の欠如は少々まずいレベルにある。今回のルーカス昇進も、誰もやりたがらず「あいつにやらせましょう」と押し付けられた結果――そう思わざるを得ない。

まあ、とりあえず。どんな経緯にせよ、ルーカスは司令長官であるメルツァーに最も強く意見できる立場となった。頑張ってほしいとは思う。

彼のよいところは、このような無責任な振り方をされてもなんの不満も言わないことだ。

彼は変人である。いわゆる「かぶき者」のポジションであり、ちょっとおかしい人のように思われている。そのせいで、今まで彼の意見が通ることはあまりなかったらしい。

それなのに、ここにきていきなり参謀長になれと言われても、「これまで私の言うことを聞かなかったくせに、今さらなんだ」とはならないようなのだ。参謀長の内示を受けた瞬間から、張り切って立案に頭を働かせている。

建設的でポジティブなその思考回路。素直に凄いと思う。

いっそのこと、ルーカスが軍司令長官になって魔王軍の指揮を執ったほうがいいのでは？　とすら考えてしまったりもする。まあ、彼は抜けている部分も多くあると思うので、優秀な副官を付けることが絶対条件ではあるけれども。

＊　＊　＊

魔王軍の増援部隊は予定どおりに王都を出発し、予定どおりに現地に到着した。

城塞都市リンブルク。

その名のとおり、町の中心部ごと堅牢な城壁で囲んだ都市である。

今回も情報を早めに掴んでいたため、準備は万端だ。すでに住民はみな城壁の内側に避難している。食糧や武器などの必要物資も、すべて中に準備済み。

軍のほうもすでに城壁に配置し終えており、いつでも戦える状態になっている。第二師団、第三師団、第六師団、第九師団の計四個師団。魔王親衛隊も合わせ約一万三千人での籠城戦となる。

ぼくらの魔力回復チームは、城壁にある塔のところにいる。城壁の上から魔法攻撃をする部隊を支援する予定だ。

「マコト、がんばろー」

「ええ。頑張りましょう」

相変わらずな、カルラのゆるい掛け声。

今回は、弟子たちを全員連れてきている。

せっかく育てている弟子にもしものことがあったら――そう思うので、ぼくはあまり乗り気ではなかった。だがこのリンブルクが陥落すると、魔国はいよいよまずい。ルーカスからは「少しでも戦力になる以上は連れていくしかない」と言われた。仕方がない。

弟子はいずれも優秀だが、まだ施術の魔力回復効果はぼくよりも低い。

特に魔力回復を目的とした戦場での施術については、短時間で最大の効果を出さなければならないので、弟子たちにはどうしても不得手となる。

具体的には、経穴《けいけつ》を使った素早い施術が求められるわけだが、取穴《しゅけつ》――ツボを正確に見つけること――は経験がモノをいう。なかなか一朝一夕に身に着くものではない。もしかしたら、一番弟子のカルラでも、まだぼくの半分程度の効果しか出せないかもしれない。

ギリギリまで取穴の指導をすべく弟子たちに練習させていると、見覚えのある初老の男性がやってきた。

「ククク、マスコットよ」

「マコトですって、宰相様」

「どちらでもよいが……。魔国に必要なのはあくまでお前の技術であって、お前ではない。少しばかりチヤホヤされたからといって勘違いするでないぞ?」

そう、今回は宰相も軍と一緒にリンブルク入りしている。なぜなのかはまったくわからないが、ぼくとしては戦をする上で悪い影響が出ないことを祈るしかないだろう。

ルーカスは、こう言っていた。

「今回はお前の施術と、お前に強化してもらった兵士がある。そして魔国一である私の頭脳がフル活用できる環境だ。特別なことがなければ勝てると、確信している」

どうやら今回の戦、かなり自信があるように思える。

人間の大軍が、もうすぐやってくる。

第28話 リンブルク防衛戦

遠くに土煙が、見える。

高く、そしてかなり広範囲に舞い上がっている。それは決して、魔国特有の乾燥した空気のせいだけではないだろう。

「ふふふ、ずいぶん人数が多いようだな。最低でも我々の五倍以上はありそうだ」

ぼくのいる、城壁の上にある塔の中。その窓から外を覗いたルーカスが、軽い調子でそう言った。

「五倍以上って、大丈夫なの？」

「ふふ、ここから見ておくがよい。しばらく敵は城壁に触れることすらできないはずだ」

彼は「では頼んだぞ」と言ってぼくの肩に手を置き、城壁上の攻撃魔法隊のところに戻っていった。

人間の軍が、攻撃魔法隊の射程内に入った。

号令とともに、魔法での攻撃が開始された。無数の火球が人間めがけて飛んでいく。

リンブルクの城壁は高さもさることながら、幅もある。城壁上のスペースがかなり広い。そのハード的なアドバンテージを生かし、攻撃魔法隊の人数を多く配置している。

塔からだと、横から見ることができるのでよくわかる。

三段どころではない。五段撃ちくらいで速射している。たしかにルーカスの言うとおり、人間は城壁に近寄ることすらできていない。城壁に辿り着く前に、次々と撃退されていく。


しばらくすると、魔力切れになった攻撃魔法隊の人が、次々と塔の休憩スペースにやってきた。

ぼくは弟子たちに施術にあたるよう指示を出した。そして、ぼく自身もどんどん施術してさばいていく。

塔は、にわかにドタバタな状態となった。

「クックック、序盤は我々が圧倒的優勢ではないか」

宰相が話しかけてきた。

彼はなぜか、まだここにいる。何か仕事があって軍に同行していたのではないのだろうか。

「見たかマスコットよ……人間がバタバタと倒れていくさまを。魔族は強い。魔法も使えないお前たち人間とは、出来が違うのだ。ククク」

ハイハイ。魔族？　強いよね。序盤中盤終盤、隙《すき》がないよね……というわけにはいかないと思うが。

個の力の差だけで勝敗が決まるのなら、そもそも魔族はここまで追い込まれてはいない。油断は禁物だろう。

忙しいので、もう名前の間違いにも突っ込まないことにした。施術を続ける。

「マスコットよ……人間が掲げている、侵略の大義名分を知っているか？『領土回復運動』だ。あたかも、この世界が本来は人間のものであるかのような言い方であろう？なんとも人間らしい傲慢かつ下品、そして愚かな表現よ。我々がいつ人間の領土を侵したというのか」

施術方針は前回の戦のときと変わらない。ぼくは数分の施術でどんどん回していく。

「人間が本格的に魔国を侵しはじめてから三十年……。ひたすら煮え湯を飲まされる展開が続いていたが、それも今回の戦で転機を迎えるだろう」

経穴ごとの魔力回復効果を完全に検証することは、難しい。どの経穴でも効果があるというわけではないようだが、少なくともノイマール戦役で施術対象にした足裏の「湧泉《ゆうせん》」、下肢の「足三里《あしさんり》」、手のひらの「労宮《ろうきゅう》」、後頭部の「天柱《てんちゅう》」、お腹の「関元《かんげん》」「気海《きかい》」などは、経験的に効果があると判明している。

慌てず、騒がず、すみやかに刺激していく。

「今回の戦についてはメルツァー卿やリンドビオル卿の手柄となろうが……。魔国冬の時代を支え続けた私の政治が、最終的に訪れるであろう魔国の勝利に最も貢献した——それは誰が見ても明らかだろう。私の功績は、いつまでも魔国の歴史において燦然と輝き続けるに違いない」

魔力切れの人は、次々とやってきている。だが今のままのペースなら、ぼくたちが頑張ればなんとかなりそうだ。

カルラと視線が合う。

兜《かぶと》の奥から目で激励すると、彼女は小さく頷いた。

「ククク、マスコットよ。お前の技術はたしかに魔国の役には立った。しかし、お前はどんなに頑張ろうともしょせんは人間だ……お前は私たちの引き立て役でしかない。それだけはわきまえておくがよい。今回勝利したところで、お前の手柄にはならぬからな。褒賞の配分は私の意見が最も反映される……変な期待は抱かぬことだ」

……。

「クックック……せいぜい奴隷らしく見返りのない労働に励むがよいぞマスコット」

うるせえええええ!!

＊＊＊

静かになった。

「ククク、人間どもが退いていったようだな」

宰相を除いて、静かになった。

塔にも魔力切れの人が来なくなった。

ぼくは弟子たちに少し休むよう指示し、様子を見るため城壁の上に出た。

ルーカスと司令長官のメルツァーが座って休んでいる。

ぼくに気づくとすぐルーカスは手を上げ、声をかけてきた。

「おお、マコトか。敵はいったん退いたようだ」

「そうなんだ。また来るんだよね？」

「少し下がっただけだからな。次の手を練っているのだろう」

人間側は、おそらく魔力切れになるまで押し寄せ続ける作戦だったのだと思う。しかし魔力が切れる様子がまったくないので不審に思い、一度退くことにしたのだろう。

ぼくも少し休憩するか――そう思って塔に向かったとき。

後ろから、声が聞こえた。

「報告します！　人間側に動きがありました！」

早い。

もう第二次攻撃を始めるつもりなのか。

「なにやら穴を掘りはじめている模様です！」

「丸太を組んだ櫓《やぐら》のようなものも用意しているようです！」

……え。穴？　櫓？

第29話　金掘攻めと攻城兵器

しばらくの間、少し遠くに見える人間の布陣を眺めていた。

穴掘り、か……。

視力が〇・八程度のぼくでは細かい作業状況まではわからない。だが、陣中の前部には一か所、人の密度が高い部分がある。そこで掘り始めていると思われる。

櫓はすぐにわかる。あれだ。まだ組み途中だが、作業が急ピッチで進んでいるようだ。

こんなに短時間で材料が調達できるはずはない。最初から準備してあり、どこかに隠していたか。

「フン。静かになったと思ったら作業してるみたいだな、人間は」

「出た……」

「だから出ちゃ悪いのかよ」

「イタタタ」

臨時施術所に登場したのは、魔王だった。ぼくの兜の角《つの》を摑んで、乱暴に揺さぶる。

魔王は、基本的に城の中の大本営にいる。いきなりここに現れたのは、司令長官とルーカスの方針を聞くためだろう。城壁上に行くには、ここを突っ切るのが近道だったりする。

そして、魔王はなぜかぼくの兜を引っ張ったまま二人のところに行く。

気づいて挨拶をする二人。

「二人ともご苦労。あれはどうなんだ？」

魔王がそう聞くと、司令長官メルツァーはルーカスのほうに説明を求める視線を向けた。

「ふふふ、あれは放置でよいです」

「どういうことだ？」

真意をはかりかねたのか、魔王は再び聞く。

「まず穴掘りですが、人間の国――カムナビ国の兵法書に記載があります。『金掘攻め』と呼ばれるもので、穴を城の中に向かって掘るものです」

「それはまずいな。こちらから打って出て妨害すべきじゃないのか？」

「ふふ、魔王様。そう思わせることが真の目的であるとも書かれてあります。不安を煽《あお》り我々の士気を下げる、もしくは焦《あせ》らせて城外におびき出そうとしているのです」

「しかし放置したら放置したで、穴が開通してどのみち危機に陥るだろうが」

「問題ありません。金掘攻めは、そもそも対魔族を想定した戦法ではありません。本来はもっと近くから掘るものです。魔法による遠隔攻撃があるのであの距離から掘っているのでしょうが、穴の開通には想像以上の時間と労力がかかり、現実的ではありません。放っておけば、心理的効果がなかったと判断して勝手に中止するでしょう」

「じゃあ櫓のほうは？」

「あれも人間の国の兵法書に記載がありまして、『攻城兵器』と呼ばれるものでしょう。我々との戦で使われたことはありませんが、人間の国同士での戦いがあった頃に使用実績があります。高く組んで弓兵などを登らせて攻撃するつもりか、もしくは城を壊すために大きな石を投げる『投石機』と呼ばれるものに仕上げるのかもしれません」

「それも放置していいのか？」

「はい、ひとまずは放置します。弓矢であれば盾《たて》で防がせ、投石であれば魔法で迎撃しましょう」

「魔法で迎撃……できるのか？」

「するしかありません。ここで最も下策なのは、打って出てしまうことです。兵力差がありすぎますので、絶対に誘い出されてはいけません」

少し微笑を浮かべながら説明をしていくルーカス。やはり人間の本を普段から読み込んでいるのか、落ち着いている。

むしろ楽しんでないか？

そういうところは彼のよいところでもあり、悪いところでもあると思うが……。

まあ焦って外に出ないほうがよいというのは、ぼくも同意見だ。

＊＊＊

櫓は、あっという間に組み上がった。数の力である。ここは危険になったということで、魔王は城壁の内側に戻った。

完成したものを見ると、高さはそうでもないが太く仕上がっている。表現が難しいが、井戸の手押しポンプを巨大にしたような形にも見える。距離は……だいぶ離れている。二百メートル程度だろうか。弓兵などはのっていないようだ。

「マコトよ。あの櫓は巨大な投石機だ。おもりを利用して飛ばす仕組みのものだな。この距離の取り方……こちらの魔法の有効射程距離を摑んだ上で、その外側から撃ってくるつもりなのだ。もうすぐ、ここに大きな石が降ってくることになるぞ」

「なんか楽しそうだね」

「ふふふ、私はあのようなものを実際に見るのは初めてなのでな。マコトも最初の二、三発は見ていくとよい」

隣を見ると、冷や汗を流しながらルーカスをチラチラ見る司令長官メルツァー。

ぼくも、ウキウキのルーカスを見ていて少し不安になってきた。本当に大丈夫なのだろうか。


「巨大な石がセットされたようです！」

「攻撃魔法隊は氷魔法の準備をっ！」

メルツァーが偵察兵に反応して、指示を出す。

その隣には、相変わらず興味深そうに投石機を見ているルーカス。

「司令長官。たとえ明らかに城に命中しないと思われる投石に対しても、必ず迎撃するよう指示をお願いします」

「な、なぜだ？」

「投石の迎撃は初めての経験です。たとえ魔力が無駄でも『慣れ』を重視するべきです。もちろん、慣れたところで迎撃率を百パーセントにするのは無理でしょうが。ふふふ」

「……わかった」

怖……。

「来ます！」

投石機が動くと同時に、兵士の叫び声。攻撃魔法隊が斜め上方向に氷魔法を撃ち込む。

ドン――――！

「うわっ！」

大きな音と、衝撃。ぼくは思わず尻餅をついてしまった。

撃ち落とせなかったのか。

「ふむ。さすがに一回目から撃ち落とすのは無理か」

いや、これはヤバいんじゃないの？

思っていたよりも石が速い。

「あ……」

城の景色が、さっきとは若干違っていた。

どうやら、ここから少し離れた偵察塔に当たったらしい。屋根が潰れている……。

「ふふふ。素晴らしいな……。魔法など使えなくても人間はこれだけのことができるということだ」

……。

「また来ます！」

今度は、一回目よりも石が飛んでくるのがわかりやすかった。

わかりやすい、ということは、こちらに近いところに着弾しそうということを意味する。

思わず目をつぶってしまう。

ボボボボン――――！

先ほどよりも少し質の違う小さな音がたくさん。そして、ぼくのヨロイにも細かい衝撃。

「今度は……」

「マコトよ。撃ち落としたぞ。二回目で成功とは幸先《さいさき》よしだな」

撃墜したらしい。感じた細かい衝撃は、石か氷の破片が飛んできたものだったようだ。

よく当たったな……。

閑話　勇者 ―決められていた道―

勇者――それは昔、イステール国において英雄と認められた者に与えられたという称号。

紋章が入った、白を基調とした装備一式。歴史書を除けば、イステールの王城で厳重に保管されていたその武具のみが、かつて勇者が存在していたという証拠だった。

その伝説の装備を、今勇者オーレリアは身に着けている。

十四年前。進められていた「領土回復運動」の一環として、勇者の称号を復活させることが決められた。

すぐに勇者候補が掻き集められた。

その一人に選ばれた、当時まだ三歳だったオーレリア。両親や兄弟から引き離され、国の管理下で厳しい訓練がおこなわれた。

そして候補者の中でただ一人、最後まで訓練を耐え抜いた彼女は、適性を認められて勇者となった。

勇者になってからは、国の命令により戦争には必ず参加した。勇者パーティは、一番槍《やり》の役はもちろん、囮役《おとりやく》や、敵将の殺害など、さまざまな任務を課せられた。

訓練中はさほど自覚していなかったが、彼女は戦いの才能があった。任務の失敗もなく、行く先々で戦果をあげていった。

勇者が戦争に出るようになり、軍の士気は大きく上がったと言われた。戦況はもともと有利に進んでいたが、ますますそれが加速。いつのまにか、戦から帰るたびに民衆から称賛を浴びるようになった。

より大きくなった期待を背負い、また次の戦に出ていく。それを繰り返していった。

そのルーティンワークの中、戦場で彼と出会った。

魔族の幹部の横に立っていた、勇者とは正反対の黒ずくめの鎧《よろい》。その中身は魔族ではなかった。

脱げた兜から出てきたのは、人間の顔。

その鎧から受けるイメージとはかけ離れた、優しそうな顔。

そして泉で再会したときに、体を触ってきたその人間の手――。

それはとても温かく、どこか安らぎがあって。

――あれは、両親の……。

オーレリアは、両親の顔をもうほとんど覚えていない。

引き離されてからは一度も会っていない。どこにいるのかすら、教えてもらえなかった。

記憶に残っているのは、その手の感触、ぬくもりだけ。

彼の手は、記憶の中にあったその両親の手に似ているような気がした。

その人間は、マコトと名乗り、身分は奴隷だと言った。しかし、鎖にはつながれていなかった。

また、魔族の国にいること――それを自分の意思だと言い切った。連れて帰ろうとしたのに、その誘いもあっさり断った。

奴隷なのに。体が拘束されていない。そして、心も拘束されていない。

彼は『自由』。そう思った。

＊＊＊

今も、投石によるリンブルクへの攻撃が続いている。

勇者オーレリアは、陣地から外城壁を眺めていた。

魔国の中では最も堅牢と言われる、城塞都市リンブルク。

城の防御力もさることながら、今回は魔族の兵が段違いに手ごわい。魔力が尽きる気配もなく、士気も今まで見た中で一番旺盛に見える。

マコトは前回の戦で〝実験的〟に軍に参加していると言っていた。

また、彼が持つマッサージという技術――。それにはすごい力があって、今魔族の人たちはそれを必要としている、と。

前回、ノイマール会戦での追撃戦で、手こずったこと。そして今回の、リンブルク攻城戦の苦戦。どちらも、彼の影響に違いないと考えられている。

人間の国での勇者、そして魔族の国でのマコト。

――担っている役割は、そう変わらない。

そう思っていた。

自分は勇者として人間の軍の士気を高め、その力を向上させてきた。一方、彼も特殊な技術で魔族の軍の士気を高め、その力を引き出している。

ある意味、彼は魔族にとっての勇者なのだ。

でも、それでいながら彼は、自分と違い『自由』――。


「勇者様」

「……」

「勇者様！」

「……え!?」

「私はさっきから呼んでいましたが」

「そ、そっか」

「あの男のことを……考えていたのですか？」

「……」

図星だったが、オーレリアは答えなかった。

しかし問いかけた若い男は、答えがなくともわかっているようだった。

「あの泉での一件から、たまに考え事をされているようですが。気になってらっしゃるのですか」

「魔族の中に一人だけ人間がいたんだ。気になるのは当たり前じゃないかな」

「……我々勇者パーティが命じられた任務は、あの男をイステールへ連れて帰ることです」

「わかっている」

「生死を問わず、です」

「それも……わかっている」

「投石は一定の効果が認められているようですので、急ピッチで投石機の増設を進めているようです。城壁や塔だけでなく、その向こうの民間施設も狙う方針という連絡がありました」

「なるほど」

「我々の出番も、そう遠くないかもしれません」

オーレリアは、あらためてリンブルクの城壁に焦点を合わせた。

——もうすぐ、会えるのだろうか。

あの人に。

第30話 投石機

施術の合間に、ぼくは塔の窓から外を見た。

ずいぶんと増えた巨大な投石機。パッと見ただけでも六台。しかも、一台だったときよりも前進してきている。

時折リンブルクの城壁から投石機に向かって氷球が撃ち込まれているが、残念ながら有効射程と言える距離ではないようで、破壊できそうな気配はない。火魔法に至ってはさらに射程距離が劣るため、一発も撃っているところを見ていない。できれば燃やしたいところだろうが……。

宰相は、もうこの臨時施術所にはいない。

投石が始まってからすぐ、従者と思われる人がここに来て「危険なので本部のほうにお下がりください」と進言したためである。

宰相は最初、渋っていた。が、従者に「あの奴隷殿のお仕事の邪魔にもなりますゆえ」とバッサリ切られ、下がっていった。去り際に「お前、左遷先はどこが良い？」と従者に言っていたが……仲が悪いのだろうか？

この塔は施術を受けている魔族の喘《あえ》ぎ声でにぎやかであり、決して静かになったわけではない。

だが宰相がいなくなって、こちらとしては少しやりやすくなった。

「施術は順調そうだな」

ルーカスが、塔を見回りに来た。

「うん、順調だよ。でも投石は大丈夫なの？　直撃を食らった音が、結構してるみたいだけど」

ぼくは施術しながらそう答えた。

カルラや他の弟子たちも、それぞれ彼に挨拶をしている。

「ふふふ。どうやら敵は、櫓を接近させて城壁の内側の施設を狙っているようでな。魔法攻撃隊も撃ち落とすのに難儀しているようだ」

「あんまり笑いごとじゃないような」

「ふふ、まあそうだが。攻撃としては非常に効果的だ。人間の判断を褒めるべきだろう」

外城壁より中心側には、軍の仮本部や、各種施設、この都市にとどまっていた民間人が避難している建物などがある。城壁の破壊と突入はあえてすぐ目指さず、心理的な揺さぶりをかけてきたということになる。

でも、非常に効果的、か……。

「もしかして、結構ピンチだったり？」

「投石だけなら別にピンチでもない。建物を壊されるのはひたすら我慢すればよいだけの話だ。このまま私の構想どおりに防衛を進めてくれれば、問題はないだろう。ただ――」

「ただ？」

「王都から来た兵士以外――この都市の民間人や兵士は、当たり前だがお前に強化されていない。この先パニックを起こすものが必ず出てくる……いや、もう出ているのかもしれないな」

「……」

「今回は宰相様も来ている。パニックで慌てて陳情する者も続々と出てくるだろう。このまま私の構想どおりに防衛を続けさせてもらえるとは思えない。出撃論が浮上し、城門を開いてしまうのも時間の問題かもしれないな」

「当然、そうなりそうならルーカスは反対するんだよね？」

「もちろん全力で反対するが。経験的にこういうときの私の意見はあまり通らないものでな」

「……」

「そこまで読んでの敵の采配であれば、素晴らしいことだ。ふふふ」

「うーん……」

そのとき、塔に一人の兵が慌てた様子で入ってきた。明らかに、魔力切れになった攻撃魔法隊の者ではない。

「リンドビオル卿！　今から緊急の打ち合わせを行いたいそうです。至急、本部へお願いします」

ルーカスが「わかった。すぐに行く」と返事をする。

「ふむ。『嫌な予感ほどよく当たる』だな」

「……」

＊　＊　＊

会議はずいぶん長くやっていたようだ。ルーカスが戻ってきたときには、もうだいぶ日が傾いていた。

緊急会議の内容は、やはり「投石機をなんとかしろ」というものだったそうだ。そして宰相などの文官を中心とする出撃論者に、見事に押し切られてしまったらしい。

「まあそういうわけだ。すまないが、やはり私の反対意見は通らなかった。司令長官も私に同調してくださったのだが」

「あらら……魔王様は？」

「魔王様も、内心は私寄りの意見だと思うが。基本的に会議の結果は尊重するお方だ」

「……」

「外に出てしまうと、お前の施術を効率よく受けることができなくなる。強化兵といえども、魔力が尽きてしまうとさすがに厳しい——そのあたりの説明はしたのだが。やはり城壁内部でパニックが発生して、どうにもならなくなっているようでな」

「やっぱりそうなんだ」

軍人だけで防衛方針を決められないというのは、どうなんだろう？

シビリアンコントロールの要素があるというのは大いに結構なのだが、ここまでくると単なる現場介入になってしまっている気がする。

しかし……この状況。あまりにもルーカスの予想どおりすぎるではないか。

「これ、まずいよね」

「まずいな」

さすがに微笑が消えるルーカス。

「我々を外に出させることが、敵の目的だろうからな。打って出られることへの対策が何もないとは思えない。そして敵の潤沢な兵力を考えれば、我々は目的が投石機の妨害であっても、かなりの兵を割いて出撃しなければならない。外に出た兵は一網打尽にされる危険があり、手薄になった城壁の危険も増す。敵の思うつぼ、ということにならなければよいが」

「うーん、なんでこうなるのかなあ」

「まあ、こういう部分も含めて魔族の実力なのだ」

「……」

「なるべく出撃する兵の被害が出ないように、知恵は絞る。お前たちは引き続きここにいてくれ」

そう言うと、彼はカルラや他の弟子たちに礼をし、下り階段のほうへ向かった。

第31話 再会

窓の外を見る。

薄暮で赤い景色の中、魔族の兵士が投石機近くまで迫り、火魔法を浴びせていた。

人間側もそれを阻《はば》むべく、魔族の兵士たちに襲いかかっている。そして同時に、数の力で投石機の炎上した箇所を消火していく。

魔王軍は主力部隊の多くが出て行っているが、それでも数が違いすぎる。囲まれないよう、ルーカスはむやみに突っ込まない作戦をとっているようだ。

上から見ていると、動きがよくわかる。

魔王軍の前衛部隊は、決して無理に長く戦うことはしていない。しばらく戦うと左回りで最後尾に後退し、代わりに次の部隊が正面に出てくる。

おそらく、なるべく疲労の少ない兵士が敵に当たり続けるように配慮しているためだ。人間側は数がとにかく多いため、全体での細かいフットワークは難しいだろう。そこを突いている立ち回りなのかもしれない。

一見、うまくやっているように思えるが……。

「マコトー、心配なの？」

施術をしていたカルラが話しかけてきた。塔の臨時施術所には、現在ぼくと弟子たちしかいない。

「そうですね。心配です」

だいぶ暗くなってきたので、灯りをつけながらそう答えた。

「わなとか?」

「はい。元々こちらを外におびき出すための投石であったならば、罠があってもおかしくありません」

「でも今のところだいじょうぶみたいだよ?」

「たしかに、そのようですが……」

今のところ、人間側に何か奇策がある気配はない。主力が外に出た隙《すき》をついて人間の別働隊が門に攻めてくる、ということもない。

一応、そうなったらすぐに知らせられるよう、監視は十分におこなっているそうだ。

門にも、外の部隊が到着するまでは持ちこたえられるよう、最低限の部隊を残してあると聞いている。

このまま何も……なければいいが。

――うあっ。

――うっ。

――ぐわっ。

「……!?」

「マコト。今、声が」

なんだ？　悲鳴……塔の外か……？

塔の外――城壁の上には、警戒と投石迎撃のため、攻撃魔法隊が一部残っていた。

誰かやられたのだろうか？　しかし、投石が着弾する音など聞こえなかった。

人間の軍が城門を破ったという知らせはない。城壁がどこか壊されたという知らせもない。そもそも、人間の軍が来たなら目立つので大きく騒がれているはずだ。

どういうことだ？　まさか……。

嫌な予感がする。城壁の上を確認したほうがよさそうだ。

ぼくは壁にかかっていた剣を手に取った。

「カルラ様」

「うん」

「ちょっと外を見てきま――」

体が一瞬で凍った。

「ん？　マコトどうしたの？」

「……」

「……あ……にんげん……？」

白い鎧姿の人物が、城壁につながっている臨時施術所の入り口に姿を現していた。

紋章の入った、全身を包む白い鎧。そして立派な装飾が施された剣。

勇者……。

どうやってここまで……。

いや、それより。まずは師匠として弟子の安全を――。

「カルラ様、ぼくが時間を稼ぎます。弟子たちを全員連れてすぐに避難してください」

「えっ」

ぼくは勇者のほうを向いたまま、カルラに逃げるよう指示した。

勇者はゆっくりと臨時施術所の中に入り、そこで一度立ち止まっている。

「マコトは……？」

「ぼくはあとから行きます」

「えっ、でも」

「早くっ！」

「……わかった」

カルラは弟子たちに合図する。そして全員、バタバタと塔の一階まで出られる階段を下りて行った。

ぼくだけが残る。

見たところ、勇者は一人……いや、もう一人後ろから入ってきた。二人だ。

この状況……まずすぎる。

塔の近くにいた魔族は、全員なぎ倒されたのだろう。確実に、今ここで戦うしかない。

まず勝てる可能性はない。しかし、ぼくが秒殺され、すぐ追いかけられて弟子も全員殺されれば――すべてが終わる。

時間を稼がなければ……。

できるだけ相手に時間を使わせなければ。一秒でも足止めしなければ。

ぼくが剣を構えると、勇者もゆっくりと剣を構えた。

「やっと……」

かすかに、勇者がそう言ったように聞こえた。

第32話 対決 マッサージ師VS勇者

「やっと……やっと会えた……」

今度は、はっきりと聞こえた。勇者がそう言ったのを。

フルフェイスに近い、露出の少ない彼女の兜。表情は確認できない。しかし、しゃべり方や肩の動きから、勇者の息が少し切れていることはわかる。

こちらの軍は、ほとんど外におびき出されていた。投石で狙われる心配が少ない、正面以外の城壁上は、少数の警備兵だけになっていたと思う。

薄暮に紛れるように城壁を登り、見張りに襲いかかって強引に忍び込み、ここまで来た——そんな具合か。

勇者とぼく、しばらくお互いが兜越しに視線をぶつけ合った。

「一緒に……来てくれ……」

やがて兜越し特有のこもった声で発せられた、その言葉。

「えっ？」

ぼくに、はその意味がわからなかった。

壁にあるランプの炎に合わせるように、床と壁に映し出されたぼくらの影が揺れる。

「それは、ぼくに対して言ってるの？」

「そう、お前だ。私と一緒にイステールに来てくれ」

「え？　嫌だけど」

「ダメだ！」

……？

「ダメって、なんでさ」

「それじゃダメなんだ！」

「意味がわからない。というか、きみは戦いに来たんじゃないの？」

「戦うと、キミが死ぬ！」

「そりゃこっちは素人だから、そうかもしれないけど……」

勇者の様子はおかしい。

二人称もブレているし、とても冷静には見えない。言っていることは支離滅裂、態度も不自然なほど必死だ。

おかげで、カルラたちが逃げる時間はありそうだが……。

「よくわからないね。きみは二人でここまで来て、何がしたいの？」

「キミを……魔国から消すこと」

は？

「それは、どういうことかな」

「キミが、魔族の兵士を強くしているから。軍はキミを魔国から引き離すことが第一だと判断してる。私はそのために潜入したんだ」

「おかしいな。なんでそれを人間側が知ってるの」

「そ、それは……情報なんて、筒抜けだから」

スパイを王都に潜入させている——その可能性はありそうだが。目を隠せば簡単にはバレないだろう。

もしくは……。

一つ、思い当たることがある。

前回の戦のあと、温泉に行って出会った女の子、そしてそのボディガード。

その二人の前で……。マッサージは大きな効果があり、魔族は今それを必要としている、というようなことを言った記憶がある。

はっきりと「兵を強化できる」と言ったわけではないが、そう取られてもおかしくはないかもしれない。そこから漏れて、人間の軍上層部に伝わってしまったのか？

ぼくはもしかして、あのとき余計なことを喋《しゃべ》ってしまったのだろうか。

「軍からは、キミを『生死問わず連れて来い』と言われている」

「……そうなんだ」

「だから、キミの意思で一緒に来てくれるのが一番なんだ。一緒に来てほしい」

「嫌だ」

「なんで！」

「なんでって言われても」

「マッサージがやりたければ、イステールでやればいい。魔国でやる必要なんかない」

勇者がなぜかマッサージという言葉を知っている。やはり軍に情報が伝わっていたのだろう。

だがぼくの頭はそのことよりも、彼女の言葉の後半部分に反応した。

「いや、ぼくは自分の技術を必要としてくれている魔国でやるべきだと思う」

「おかしいよ。キミはずるい！」

「おかしい？　ずるい？」

勇者の言葉に、かなりの怒気が交じったことがはっきりとわかった。しかしその意味はわからず、聞き返した。

「そうだよ！　人には運命とか宿命ってあると思う。それは避けられないし、避けない。みんなそれに従う。やりたくないことだって、やらなければいけない。やりたいところで、やりたいことを、やりたいようにやるなんて……普通はできない。なのにキミはそうしようとする。キミはずるい！」

激高しているせいか、やはり内容は飛びすぎていてよくわからない。

だが……これだけはたしかだ。ここで何を言われようが気持ちは変わらない。今ぼくは、人間の国などに行きたくはない。

「いきなり運命だの宿命だのをきみに勝手に決められても困るよ。ぼくはたしかにやりたいことをやっているけど……魔族の人にも求められて、後押しされて施術所を開いたんだ。それは運命や宿命じゃないというわけ？　ぼくの施術を待っている人たちが、魔国にはたくさんいる。患者を捨てて自分から人間の国に行く？　ぼくはそれこそおかしいと思うよ。そんなことするくらいなら、ここで戦って死んだほうがマシだね」

「……っ！」

「勇者様！　話が通じていません。説得は無駄です。この男は殺すしかありません。もしご自身でやりづらいのであれば、ここは私が――」

「いや、私がやる！　下がって！」

勇者は後ろの人間の兵士の言葉をさえぎると、剣を構えて突進してきた。

速すぎて反応できなかった。

「ぐあっ！」

強い衝撃と金属音。

ぼくは吹き飛ばされた。

「……っ……」

脳震盪《のうしんとう》か……。起き上がれない。

「諦めて私と一緒にイステールに来てくれ！」

「嫌……だ」

「なんで嫌なんだ！」

「ぐはあっ！」

今度は蹴り飛ばされた。

体が二回ほどバウンドし、ヨロイと床がぶつかる音、そして椅子が転がる音が塔に響いた。

立ち上がらなきゃ……。

ヨロイはぼくを守ってくれているはずだが、打撲はしているのだろう。痛い。体が言うことを聞かない。

剣を杖代わりにして、なんとか立った。

景色が回転している。剣から手を離したら倒れそうだ。

「——マコト！」

そこに後ろの階段から、聞きなれた声。

ぼくも勇者も、後ろにいる人間の兵士も、一斉に声の方向を見た。

げ！　魔王じゃないか……。

しかも、鎧を着けているわけでもない、剣を持っているわけでもない。ブラブラと塔の様子を見に来たという感じだ。カルラたちには会わなかったのか？

なんなんだ。最悪のタイミングじゃないか。

「ほう……初めて見るが、わかるぞ。お前は勇者だな」

「いかにも。私は勇者オーレリア。お前は誰だ」

——!?

勇者は、魔王の姿をまだ見たことがなかったのか？

それは……好都合だ。

ここは民間人ということにして、逃げるように言えば……矛先《ほこさき》はぼくに向けられたままだ。魔王は追われなくてすむかもしれない。

魔王だと知られたら、優先順位がぼくより上になる気がする。そうなれば、ここで魔王は勇者に殺される。

ルーカスよりは落ちるそうだが、魔王の魔法の腕は並の魔族よりずっとよいと聞いている。

だが……。勇者はルーカスのド派手な火魔法にも耐えていた。おそらく、装備に何か秘密があるのだと思う。

怪しげな力を秘めていそうな装備で固めた勇者と、普段着で防具も着けていない魔王。

さすがに戦うのは無理だろう。ここは正体を偽《いつわ》ってもらって——。

「わたしは魔王だ」

「ああっ、なんで自分から言うの！」

「あ？　なんだマコト。それだけうるさいなら、割と元気なのか？」

「あ、あなたが間抜けすぎるからでしょうがっ！」

……ダメだ……望みが断たれた。

「お前が魔王なのか！」

勇者が驚いた様子で剣を構え直す。

「そうだ。ならばどうする？」

「お前を殺し、マコトはもらっていく」

「フン、却下だな。マコトはわたしの奴隷だ。渡すわけないだろ？」

ぼくは奴隷だ……魔王じゃなくて、ルーカスの。

だが訂正する余裕はない。

魔王はすでに、両手に火の玉を作り始めている。勇者の耐久力は噂に聞いているのか、十分に火力を高めるつもりのようだ。

「魔王、覚悟！」

そうはさせじと、勇者が突っ込んでいく。

だが、魔王の魔法のほうが早かった。

「んあっ！」

「勇者様！」

勇者が後ろに飛ばされた。

だがすぐに起き上がり、後ろで叫んだ兵士に手のひらで大丈夫であることを示す。

やはりそうだ。ダメージは衝撃だけ。炎そのものはそんなに効いているようには見えない。

おそらく、あの鎧は魔法攻撃を軽減する力がある。

しかも、あのスピード……。もちろん鍛えているのだろうが、人間の女性の動きではない。あの鎧には、他にも何か秘められた力があるのかもしれない。

すぐに魔王は次の攻撃を入れる。火魔法があまり効いていないと気づいたのか、今度は氷魔法だった。

勇者はそれをかわし、距離を詰める。

勇者の一太刀。それを間一髪で魔王は跳んでかわした。

魔王は魔法を使おうとするが、勇者がその隙を与えないよう猛スピードで攻撃を繰り出していく。

魔王はかわしているが、とても長く持つとは思えない。やはり接近戦では無理だ。

これは……。

あ――。

「うっ」

勇者の一閃で、魔王が床に倒れた。

血が……！

致命傷ではなさそうだが、治癒魔法での回復は少し時間がかかる。おそらく、治し終わるよりも勇者の次の攻撃のほうが早い。

助太刀しなければ……。体……動け。

なんとか起き上がっていたぼくは、のろのろと勇者に接近して剣を振るった。

「がはっ」

あっさり横振りで飛ばされた。また椅子をまき散らしつつ、ぶざまにバウンドする。

「……く……」

勇者が魔王にとどめを刺そうと、剣を振りかぶっている。

ぼくはまたすぐに起き上がろうとしたが、とても間に合いそうにない。

ま、魔王が殺され――。

……。

いや、ダメだ……。

そんなのは絶対にダメだ。

そんなことがあっていいはずがない。


この国では、自分が望んでいたすべてのことができた。

自分の治療院を開くことができて、前の世界と違って患者さんがたくさんいて、思う存分に施術することができて。

本当に夢のような毎日だった。

でも、それをかなえてくれたのは……自分の技術を必要としてくれた魔族の人たちだ。

その中でも、これまで一番施術回数が多かったのは、間違いなく魔王。

しかも魔王は魔国のトップとして、人間である自分に治療院の経営を認めてくれた。


一番施術させてもらった患者であり。

理想の生活を与えてくれた魔族の人たちの代表であり。

開業にあたっての恩人の一人であり。

そして……人間である自分のすべてを、求めてくれた人でもある。

その魔王をここで助けられなかったら、自分のやってきたことは、なんの意味も——。


「待った！」

ぼくの叫びに、勇者の動きが止まった。

「行く！　イステールに……行くから！」

剣先を魔王に向けて治癒魔法の使用を牽制しながら、勇者は少しだけぼくのほうに兜を動かした。

「……本当？」

「うん。その代わり、今この場で魔王に手を出さないことが条件……でもいいかな」

この期《ご》に及んであまりにも都合の良い取引だと、ぼく自身も思った。冷静に考えれば、どう考えても通るはずのない提案をしたのかもしれない。

でも、それでも頼まずにはいられなかった。

そして——すぐに是《ぜ》の返事がきた。

「わかった」

「勇者様！」

「いいんだ。私が責任を負う」

後ろにいた人間の兵士が咎《とが》めるように叫んだが、彼女はそれを制した。

「……はい」

「じゃあ、マコト。私と一緒に来てもらうよ」

「……うん」

返事をして、立ち上がった。

勇者が臨時施術所の城壁側の入り口のほうに向かい、こちらを待つように立ち止まる。

代わりに、後ろにいた兵士が倒れている魔王に向かい、剣先を突き付けた。

「マコト……ダメだ……わたしは許可してな――」

「魔王様」

倒れたまま呻く魔王に対して、言った。

「ぼくは……感謝しています。短い間でしたが、前の世界ではうまくできなかったことをやらせてもらって、ここまで本当に幸せでした。この世界に来て……いや、この国に来てよかったと思っています」

「……」

「ありがとうございました！」

声は、自然と大きくなった。足を揃え、魔王を向いてお辞儀をした。

「い、行くな……礼など……誰も求めて……」

「あなたもぼくの患者です。患者の命は施術者にとって一番大切なものです。守らせてください」

「行くなと……言っている」

ぼくはなおも続く魔王の呻《うめ》きを、無視した。

「これ以上お役に立てず、申し訳ありません。ルーカスたちに……よろしくお伝えください」

最後にそう挨拶すると、勇者のほうに向かって歩きだした。

誰でもできる！

付録

セルフマッサージ講座

文・監修　どっぐす

首も自分で施術できる？

ようこそ、ほんわかモミモミ治療院へ。

職場でのデスクワーク、プライベートでのゲームや読書、インターネット……現代人の日常には、首を前に倒し続けることが多くなっています。頭部の重さはだいたい体重の一〇パーセントほどだと言われ、それを細い首で支え続けることは大変な負担となります。首・肩のコリや重だるさ、眼精疲労にお悩みの方も多いのではないでしょうか。凝り固まった筋肉をほぐして首や頭部の血流を改善させ、すこしでも症状を緩和できたら……。

首には重要な神経や血管が存在し、とても繊細なつくりをしています。基本的にはプロでない方が首を施術することは危険をともないます。特に、首の中心に向かって押し込むようにグリグリ揉んだり押したりしますと非常に危ないです。

ですが、首コリに深く関わっているとされる筋肉のうち、『胸鎖乳突筋《きょうさにゅうとつきん》』と『僧帽筋《そうぼうきん》』の二つについては、少々コツをつかめば安全なセルフマッサージが可能です。ここではその方法を紹介します。

まずは手の基本形！

下の図のように、親指を折り込むような形を作ります。

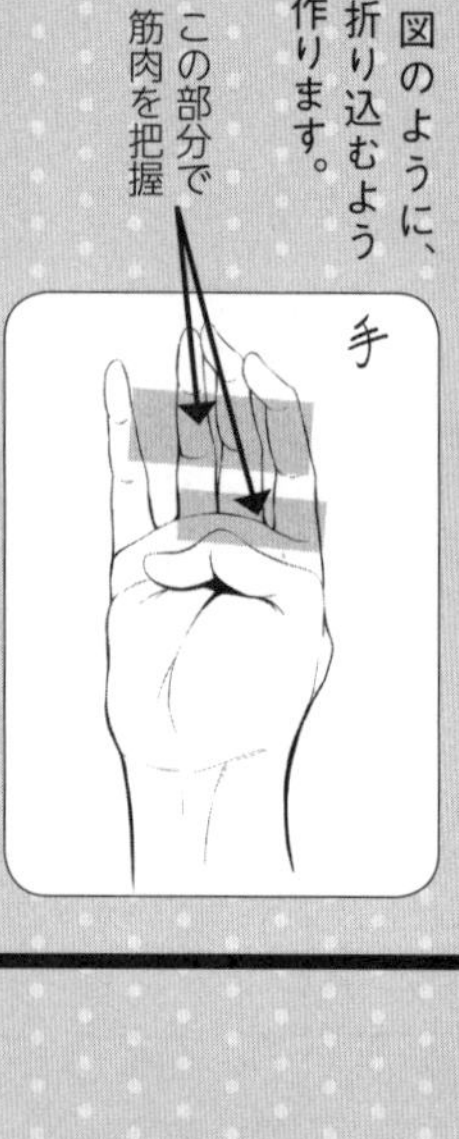

施術する際は、折り込んだ親指とその他の四指で、対象の筋肉を「優しく把握する」というイメージになります。（握力の入・切繰り返しで施術すると疲れてしまいますのでNGです）

ポイントは、親指以外の四指をしっかりと決め、把握するときに少し脇を締める力を利用することです。驚くほど力が要りません。

慣れるとこのやり方で体の色々なところが施術できるようになります。

胸鎖乳突筋を施術しよう

胸鎖乳突筋は「胸骨」と「鎖骨」から、頭蓋骨の「乳様突起」と呼ばれる部分に伸びている筋肉です。首コリ、肩コリに深い関わりがあるとされています。

首は施術側に倒します。これにより胸鎖乳突筋がたるんでつかみやすくなるうえ、施術しても首が絞まらず安全性が増します。

胸鎖乳突筋を優しく把握します。頸動脈が近いので、激しく動かしたり首の中心方向に押し込んだりしないよう注意してください。

意外と簡単だな

僧帽筋を施術しよう

僧帽筋は首〜肩〜背中を広く覆う筋肉です。やはり首コリ、肩コリに深い関わりがあるとされています。

首は背中側に少し倒します。僧帽筋がたるんでつかみやすくなるうえ、施術しても首が絞まらず安全性が増します。

僧帽筋を優しく把握します。こちらも激しく動かしたり首の中心方向に押し込んだりしないよう注意してください。

※胸鎖乳突筋も僧帽筋も、片側ずつ施術すること！　左右同時にやると首が絞まって危険です。

ところでなんで裸なんだ？
筋肉の位置をわかりやすくするためらしいよー（カルラ）

マッサージ師、魔界へ
～滅びゆく魔族へほんわかモミモミ～ 1

2018年3月20日　第一版発行

【著者】
どっぐす

【イラスト】
木村寧都

【発行者】
辻政英

【編集】
株式会社TRAP（齋藤和明）／上田昌一郎

【装丁デザイン】
株式会社TRAP（岡洋介）

【フォーマットデザイン】
ウエダデザイン室

【印刷所】
図書印刷株式会社

【発行所】
株式会社フロンティアワークス
〒170-0013 東京都豊島区東池袋3-22-17
東池袋セントラルプレイス5F
営業 TEL 03-5957-1030　FAX 03-5957-1533

ノクスノベルス公式サイト
http://nox-novels.jp/